Otto Bürckner

Der Junge von nebenan

Die wundersame Entwicklung
vom Prügelknaben zum Demokraten

© 2010 Otto Bürckner

ISBN: 978-3-86850-922-9

Verlag: tredition GmbH

Printed in Germany

Bibliografische Information der Deutschen Nationalbibliothek:
Die Deutsche Nationalbibliothek verzeichnet diese Publikation in der Deutschen Nationalbibliografie; detaillierte bibliografische Daten sind im Internet über http://dnb.d-nb.de abrufbar.

Inhaltsverzeichnis

Wissenschaftsschwanger und Entbindung.................................. 7

Der Steckbrief des Jungen von nebenan.............................. 10

Die Paten Otto und Karl 15

Heinrich, der dritte Pate.. 21

Die Kindheit des Jungen von nebenan 26

Die ersten sexuellen Erfahrungen 33

Die allmählich fortschreitende Emanzipation – die Schulzeit .. 48
Wieso ausgerechnet ich? 49
Die Einschulung.. 50
Ein Blick voraus auf das Image der Schule.............................. 51
Das Abitur... 53
Ein kurzer Rückblick 63

Die Berufsentscheidung und der etwas holprige Studienbeginn
.... 65

Augen zu und durch! 78

Ein kurzes Resümee 109

Wissenschaftsschwanger und Entbindung

Der Junge von nebenan, eine Metapher für einen Jungen, der seine Kindheit während des Zweiten Weltkriegs und nach dem Zweiten Weltkrieg in einer Großstadt in einer eher ärmlichen Umgebung verbringt. Ein durchschnittlicher Junge in einer keineswegs durchschnittlichen Umgebung.

Nun mag man mich fragen: Was ist eigentlich eine durchschnittliche Umgebung, in der ein durchschnittlicher Junge aufwächst?

Sobald ich anfange, darüber nachzudenken, stelle ich fest, dass eigentlich überhaupt nichts durchschnittlich ist, misst man es an dem heute üblichen Durchschnitt. Oder auch umgekehrt: Ich stelle fest, dass heute überhaupt nichts durchschnittlich ist, misst man es am Durchschnitt von damals.

Ich sehe schon, so geht das nicht! Eigentlich wohldefinierte Begriffe wie zum Beispiel ʻDurchschnittʻ sind völlig ungeeignet, um auch nur ein annähernd verständliches Bild von den Lebensumständen des Jungen von nebenan zu zeichnen.

Nun gibt es natürlich die Möglichkeit, ich gebe einfach auf. Dann kann ich aber die vielen teils sehr ernsten, teils aber auch spaßigen Geschichten nicht erzählen, von denen ich bis zur Halskrause voll bin. Übervoll! Aufgebläht!

In der Medizin nennt man einen solchen Zustand Adipositas, und das bedeutet so viel wie Fettsucht. Aber der Begriff gefällt mir als Metapher für das, was ich empfinde, überhaupt nicht. – Warum eigentlich nicht? Wahrscheinlich, weil man eine Adipositas nicht durch einen besonderen Akt, zum Beispiel den des Schreibens, wegbekommen kann. – Nein! Auch der Akt des ausgiebigen Defäzierens kann bei einer Adipositas keine Abhilfe schaffen. [Für die Menschen, die das unbeschreibliche Glück hatten, kein Latein in der Schule zu lernen: Defäzieren heißt auf Deutsch Kot ausscheiden.] Demgegenüber kann etwa der Akt des Mitteilens beziehungsweise des Schreibens das Übervoll-Sein, das Aufgebläht-Sein, wie ich es oben beschrieben habe, einfach eliminieren.

Der Begriff Adipositas ist also für das, was ich sagen möchte, als Metapher absolut ungeeignet. Deshalb suche ich nach einer anderen, geeigneteren Metapher, bevor ich endgültig aufgebe.

Da fällt mir ein Begriff ein, den es eigentlich gar nicht gibt, mindestens nicht in der Medizin, obwohl er medizinisch klingt: Wissensschwangerschaft.

Eine interessante Wortverbindung! Es gibt Wissen, und es gibt Schwangerschaft. Aber Wissensschwangerschaft? Normalerweise ist der Sitz des Wissens der Kopf, gemeint ist das Gehirn, und der Ort der Schwangerschaft der Bauch, gemeint ist der Uterus. Wie geht das zusammen? Normalerweise erwirbt man Wissen durch lernen, durch intellektuelle Anstrengung. Schwangerschaft erwirbt man, wie jedermann weiß, durch Geschlechtsverkehr. Wie geht das zusammen? Und überhaupt, können vielleicht nur Frauen wissensschwanger werden? Oder auch Männer?

Genug der Fragerei! – Wissensschwangerschaft ist eine, wie man sieht, absolut unsinnige Wortverbindung. Und trotzdem nach meiner Einschätzung eine ausgezeichnete Metapher.

Ich bin also bis zur Halskrause voll mit Geschichten, die den Jungen von nebenan betreffen, die sein Umfeld betreffen, die die damalige Zeit betreffen. Ich bin mit dem Wissen dieser Geschichten schwanger, eben wissensschwanger. Und was das Entscheidende ist: Dagegen will ich etwas tun, nämlich diese Wissensschwangerschaft beenden.

Ich höre den Vorschlag `Abtreibung` und merke, wie sich in mir etwas sträubt. Nach einer Abtreibung ist der Fötus, also mein Wissen der Geschichten, tot. Und hier zeigt sich zum ersten Mal ganz deutlich, eine wie gute Metapher der Begriff `Wissensschwangerschaft` tatsächlich ist: Wenn ich nämlich den Begriff `Abtreibung` durch `Entbindung` ersetze, dann beschreibt das genau die Aktivität, die eine Wissensschwangerschaft potentiell beendet, ohne damit den Fötus zu töten. Ganz im Gegenteil: Der Fötus erfreut sich nicht nur des Lebens, sondern bester Gesundheit.

Was ich sagen will: Ich habe mich entschlossen, trotz der anfänglichen Schwierigkeit, eine geeignete Metapher zu finden, nicht die Möglichkeit der Aufgabe zu ergreifen, sondern ich freue mich, die neue

Metapher `Wissensschwangerschaft` gefunden zu haben und strebe eine Entbindung an. Ich lasse mich auch dadurch nicht entmutigen, dass die Wahrscheinlichkeit sehr groß ist, dass ich mich selbst von dieser Schwangerschaft entbinden muss.

***

Der Steckbrief des Jungen von nebenan

Der Einfachheit halber schreibe ich bei der Beschreibung des Jungen von nebenan in der Ich-Form. Ich bin der Junge von nebenan. Das hat den Vorteil, dass ich betroffen bin und nicht externer Beobachter. Ich bin mittendrin. Es sind meine Erlebnisse, meine Emotionen, die Ereignisse machen mich traurig, fröhlich oder geil, und sie beziehen sich auf mich. Es gibt keine Dissoziation: Dort die Ereignisse – hier ich! Ich kann mich nicht hinter der Distanz des Beobachters verstecken. Ich muss Farbe bekennen. Ich muss mich einmischen. – Trotzdem: Ich beschreibe den Jungen von nebenan.

Der Steckbrief:
Name: Otto B. Die Namen der Paten: Heinrich und Karl, also genau
            genommen ist sein Name: Otto Heinrich Karl B.
Geboren   10. Mai 1939
            Schwein gehabt! Noch Friedensware! Der Zweite Weltkrieg
            hat ja erst später im Jahr 1939 begonnen.
Eltern: Sohn des Steuerinspektors Otto B. und seiner Ehefrau
            Frieda B., geborene H..
Wohnhaft: Warstein

Bis dahin erst einmal! Das kann nicht so unkommentiert stehen bleiben. Dazu muss ich schon eine ganze Menge sagen, will ich die Umgebung des Jungen von nebenan beschreiben. Und das will ich!

Zunächst erst einmal die Paten, deren Vornamen sich ja in den Vornamen des Jungen von nebenan widerspiegeln: Paten haben meiner Überzeugung nach die wichtige Aufgabe, die Erziehung und das Wohlergehen des Erdenbürgers im Blick zu behalten und nötigenfalls positiv zu beeinflussen. Wer waren also die Paten und haben sie ihre Aufgabe erfüllt?

Der Name Heinrich stammt von meinem Großvater mütterlicherseits, also dem Vater meiner Mutter. Der hat seine Aufgabe als Pate keineswegs erfüllt. Um das auch nur halbwegs verständlich zu begründen, bedarf es eines gesonderten Kapitels. –Später!

Der Name Karl stammt von dem väterlichen Freund und Vorgesetzten meines Vaters. Diesen Mann habe ich nicht einziges Mal in meinem Leben gesehen. Bei späteren Recherchen zum Leben meines Vaters habe ich herausgefunden, dass mein Vater mit der Ehefrau dieses Mannes ein Verhältnis hatte. Ich merke schon, ich muss der Verständlichkeit halber auch dieses Thema noch einmal aufgreifen, und zwar in dem meinem Vater gewidmeten Kapitel.

Den Namen Otto habe ich einem Alleingang meines Vaters zu verdanken. Er hatte mich gleich nach der Geburt eigenmächtig, ohne Absprache mit meiner Mutter, auf den Namen Otto standesamtlich eintragen lassen und damit meine Mutter vor vollendete Tatsachen gestellt. Schließlich war ich Otto IV, Otto der Vierte. Das soll heißen: Mein Vater hieß Otto, Otto III, dessen Vater hieß Otto, Otto II, und dessen Vater hieß Otto, Otto I. Hätte man mich gefragt: Ich hätte mich dafür entschieden, auch wenn ich Otto XXIII gewesen wäre, dass ich einen anderen Namen bekommen hätte. Die Reaktionen der anderen, meiner Kameraden, auf den Namen Otto konnte ich jahrelang, jedenfalls die gesamte Schulzeit über, nur mit einem Höchstmaß an Duldsamkeit und Humor ertragen. Machen sich Eltern eigentlich Gedanken darüber, was sie ihren Kindern mit der Namensgebung antun? – Sollten sie aber!

Das Geburtsdatum: Friedensware galt im Gegensatz zur Kriegsware damals noch etwas, jedenfalls bei Gebrauchsgütern. Und damit, dass man mich mit der Kategorisierung `Friedensware´ in die Klasse der Gebrauchsgüter einordnete, ist, bezogen auf die damalige Zeit, beileibe auch nichts Ungewöhnliches geschehen, interpretiert man die zu der Zeit in einem kabarettistischen Text gesungene Zeile: Hermine, mach die Beine breit, der Führer braucht Soldaten! Merkwürdig erscheint mir, dass man Babys, die unmittelbar nach Kriegsanfang geboren wurden, bereits als Kriegsware kategorisiert hat. Demgegenüber wurde zur gleichen Zeit Ware, die aber vor Kriegsbeginn hergestellt worden war, noch als Friedensware bezeichnet. Eine merkwürdige Inkonsequenz!

Und nun der Beruf meines Vaters: Steuerinspektor.
Ich frage mich, warum es im Zusammenhang mit meiner Geburt der Erwähnung des Berufs meines Vaters bedurfte. Gab es vielleicht Berufsgruppen, deren Angehörige keine Kinder zeugen konnten? War vielleicht

der Beruf des Steuerinspektors einer derjenigen, dessen Angehörige besonders prädestiniert für die Zeugung eines Jungen waren? – Ich wüsste noch ein paar solcher unsinniger Fragen nach dem Sinn der Berufsangabe anlässlich der Geburt eines Sohnes.

Auch bezüglich ganz anderer Anlässe ist es in unseren Breiten üblich, dass man nach dem Beruf gefragt wird. Warum? Wozu? – Ich ärgere mich jedes Mal darüber. Anfangs habe ich, wenn ich gefragt wurde, meinen Beruf einfach verschwiegen, nicht angegeben, die Rubrik offen gelassen. – Ein Verbrechen! Ein solches unvollständig ausgefülltes Formular kommt mit tödlicher Sicherheit unbearbeitet zurück. Auf diese Weise soll man genötigt werden, etwas absolut Sinnloses, ohne es zu hinterfragen, brav auszuführen, einfach weil es verlangt wird. – Nicht mit mir! Ich habe mir einen Protest dagegen ausgedacht, der funktioniert immer. Und wenn sich jemand darüber ärgern sollte, dann höchstens der Initiator der Frage nach dem Beruf, nicht ich! Ich gebe als Beruf `Encopretiker` an. Klingt gut: Encopretiker! Nachfragen gibt es gewöhnlich nicht.

Bevor ich dieses seltene Berufsbild ausführlich beschreibe, ein tatsächlich passiertes Beispiel:

Der Traum eines jeden passionierten Skifahrers ist Tiefschneefahren. Am Fuße einer Piste stehen, eine Wellenlinie im sonst jungfräulichen Schnee mit einer Mischung aus Bewunderung und Stolz anschauen! Das ist meine Spur! Was gibt es Erhebenderes! Das ist das Größte! – Jedenfalls für den Augenblick! Umso schlimmer: Vor ein paar Jahren in einem Skiurlaub ist mir dieser Traum jählings zerplatzt: Es hat mich gerissen, gerüsselt, zerfetzt! – Kurz: Ich bin gestürzt. Nun ist Tiefschnee ja im Allgemeinen weich, und gewöhnlich passiert nichts Ernstes. Nachdem ich mich also nach dem Sturz wieder ausgegraben hatte, stellte ich als einzige Veränderung gegenüber vorher fest: Mein rechter Ringfinger sah etwas merkwürdig aus. Er hatte optisch eine gewisse Ähnlichkeit mit Fingern von rheumakranken Frauen im Klimakterium: Schwanenhalsfinger. Das letzte Glied des ansonsten normal aussehenden Ringfingers war in Richtung Handteller abgeknickt. Passiv ließ es sich bewegen, sozusagen geradebiegen, aktiv aber nicht. Und wenn ich es nach der passiven Bewegung losließ, schnappte es gegen meinen Willen zurück. Es sah schon ein bisschen komisch aus. Nicht dass ich mich meines Ringfingers

geschämt hätte! Nein! Aber dieser Finger war absolut unbrauchbar. Das letzte Fingerglied schlabberte unkontrollierbar hin und her. Klavierspielen zum Beispiel, eine meiner Leidenschaften, war damit völlig ausgeschlossen.

Ich wusste, dass man in solchen Fällen nach einer röntgenologischen Abklärung auf die Fingerkuppe eine Stackschiene setzt, um sicher zu stellen, dass das, was da offenbar gerissen ist, wieder ordnungsgemäß und gerade anwächst. Es blieb mir also nichts Anderes übrig, als in das nahegelegene Krankenhaus zu fahren, meinen Finger röntgen zu lassen und mir, falls eine Komplikation, etwa der Abriss eines Knochenstücks, ausgeschlossen werden konnte, was ich hoffte, eine Stackschiene verpassen zu lassen. Als ich in den Flur der chirurgischen Ambulanz eilte – ich wollte ja schließlich schnell wieder Tiefschnee fahren –, wurde ich durch eine Dame im weißen Kittel in meinem Vorhaben gestoppt. Diese sagte mit der ihr eigenen Autorität, die keinen Widerspruch duldete: „Erst ausfüllen!" Dabei wedelte sie mit einem Formular in der Luft herum. Man sah ihr an, es hatte keinen Zweck, sich auf eine Diskussion einzulassen. Das kann man nicht beschreiben, man sah es ihr einfach an!

Ich füllte also gehorsam alles aus. Und da war sie wieder, die Frage nach dem Beruf! Was hat mein Beruf mit der Stackschiene zu tun? Gibt es Berufe, für deren Angehörige das Anlegen einer Stackschiene kontraindiziert ist? Gibt es vielleicht Berufe, deren Angehörige nicht geröntgt werden dürfen? – So, und das ist genau die Gelegenheit, bei der ich als Beruf Encopretiker eintrage.

Ich hatte Glück, es gab an dem Morgen offenbar noch nicht viele Unfälle, ich kam schnell an die Reihe. Ein ganz junger Arzt, quasi frisch von der Universität, hängte meine Röntgenaufnahmen an die Lichtscheibe. Wir standen beide davor und schauten sie uns an. Er schien in der Beurteilung der Röntgenaufnahme ein wenig unsicher zu sein, das jedenfalls drückte er körpersprachlich aus. Also half ich ihm, indem ich sagte: „Ich denke, es ist soweit alles in Ordnung, nicht wahr? – Da können wir getrost eine Stackschiene draufsetzen, und dann kann ich wieder auf die Piste. Es ist herrlicher Tiefschnee!" Seine Miene hellte sich auf, als er sagte: „Ach, Sie sind Kollege?" Noch bevor ich antworten konnte, sah er auf das von mir ausgefüllte Formular: Encopretiker! Und

er beeilte sich zu sagen: „Ach so! Ach so!" Dann kramte er aus einem Fach eine geeignete Stackschiene, setzte sie fachgerecht auf meinen Ringfinger und wünschte mir viel Spaß beim Tiefschneefahren.

Und nun die Auflösung: Was ist ein Encopretiker?

Ein Encopretiker ist jemand, der seine Defäkation nicht unter Kontrolle hat, jemand, der einkotet, jemand, der ins Bett kackt.

Nun habe ich keine sieben Zeilen Steckbrief geschrieben und knapp kommentiert, und schon merke ich, dass ich mich verzettele. So geht das nicht. Deshalb breche ich den Kommentar meines Steckbriefs hier erst einmal ab. Ich muss mich diesem komplexen Thema der Beschreibung des Jungen von nebenan von einer anderen Seite her nähern. Vielleicht beginne ich mal mit der Beschreibung seiner Familie.

***

Die Paten Otto und Karl

Der Vater des Jungen von nebenan, Otto B., Steuerinspektor, ich kannte ihn nicht. Von meiner Mutter bekam ich trotz Nachfrage stereotyp die Information: „Dein Vater ist im Krieg geblieben." Sonst nichts. Das erschien mir schon als Kind sehr merkwürdig: Ein Mensch wurde willentlich auf drei Tätigkeiten reduziert:

1. Die Tätigkeit des Zeugens. Das ging mittelbar daraus hervor, dass man ihm die Eigenschaft, mein Vater zu sein, zubilligte.
2. Die Tätigkeit, Soldat zu sein. Das implizierte die Formulierung `im Krieg geblieben`. Hätte ihn als Zivilist der Tod oder ein anderes Schicksal ereilt, hätte meine Mutter formuliert: `Dein Vater ist im Krieg umgekommen` oder `Dein Vater ist im Krieg verschleppt worden`, oder `Dein Vater ist im Krieg vertrieben worden` oder, oder, oder. Aber mein Vater war `im Krieg geblieben`.
3. Die Tätigkeit des im Krieg Bleibens. Das war für mich als Kind die mysteriöseste aller drei. Was tut jemand, wenn er im Krieg bleibt?
   - Bekommt er nicht mit, dass der Krieg noch nicht zu Ende ist und wird vielleicht dreißig Jahre später als alter Mann in irgendeiner Höhle entdeckt, immer noch in Uniform mit dem Karabiner im Anschlag?
   - Läuft er zum Feind über, weil er sich dort die besseren Überlebenschancen ausrechnet?
   - Bleibt er im Krieg, weil er schlichtweg keine Lust hat, nach Hause zu gehen? Führt er seinen privaten Krieg dann weiter? Das kann doch gar nicht funktionieren!
   - Zieht er es vor, als Held für das Vaterland zu sterben?

Warum diese Wortkargheit? Keine weitere Information über das Leben meines Vaters! Als ich etwas älter war, habe ich meine Mutter einmal gefragt: „Lief das bei Euch in der Ehe nicht mehr?" Die Reaktion war in etwa vergleichbar mit einem Dementi eines Cholerikers bezüglich der

Aussage dreimal drei ist neun. Nun höre ich manch einen denken: ‚Wieso? Dreimal drei *ist* doch neun!‘ – Eben!

Ich habe Recherchen angestellt, ich erwähnte es schon. Natürlich bin ich nicht wie ein Reporter, der die Aufgabe hat, einen termingebundenen Bericht über das Leben des Steuerinspektors Otto B. zu schreiben, mit angespitztem Bleistift und gezücktem Notizbloch umher gerannt und habe ununterbrochen Leute mit meinen Fragen genervt. Aber ich habe Fragen gestellt, und zwar überall dort, wo man meinen Vater kannte. Zunächst beiläufig, unauffällig. Dann habe ich eins und eins zusammengezählt und im Hinblick auf das teilweise überraschende Ergebnis erneut Fragen gestellt, und diesmal nicht beiläufig, sondern gezielt. Ich habe zum Beispiel die Witwe meines Paten Karl (siehe oben!) ausfindig gemacht und Unglaubliches erfahren. Davon etwas später! Ich habe zum Beispiel mit Schulkameraden, Kollegen aus dem Finanzamt und Sportkollegen meines Vaters gesprochen. Dabei – quasi als Nebenwirkung – habe ich auch eine Menge über meine Mutter erfahren, dass ich *von* ihr nie erfahren habe, obwohl ich sie ja im Gegensatz zu meinem Vater kannte.

Es würde dem Thema, ein Bild des Jungen von nebenan zu skizzieren, nicht gerecht werden, gäbe ich den Inhalt eines jeden Interviews wieder. Deshalb nur eine akzentuierte Zusammenfassung:

Mein Vater war seit Generationen der erste in seiner Familie, der ein Gymnasium besucht hatte. Freunde hatte er kaum. Seine Leistungen waren stets mindestens gut, meistens besser. Das Abitur bestand er 1929 als Bester seines Jahrgangs.

Der Vater meines Vaters hatte das ehrenwerte Handwerk des Schlossers erlernt und hatte sich bei der Deutschen Eisenbahn bis zum Leiter einer Werkstatt hochgearbeitet, als er 1926 an Diabetes verstarb. Da war mein Vater gerade 15 Jahre alt. Die Mutter meines Vaters war, soweit meine Recherchen zurückreichen, schon immer ‛tüdelig‛ gewesen. Jeweils auf Nachfrage stellte sich dann heraus, dass ‛tüdelig‛ eine euphemistische Umschreibung von dement, schwachsinnig, war. Dadurch erwuchs meinem Vater bereits im Alter von 15 Jahren die Aufgabe, die Verantwortung für seine Mutter und sich und beider Leben zu übernehmen und gleichzeitig alles zu tun, damit niemand etwas von der

`Tüdeligkeit` merkte. Das bedeutete einen Makel der Familie. Die Verantwortung hat er dann nach dem Abitur in die Hände seiner Tante, der Schwester seiner Mutter gelegt. Diese Tante soll dem Vernehmen nach jungfräulich gestorben sein, weil es zu der damaligen Zeit keine so scharfen Scheren gegeben habe, die es fertig gebracht hätten, Haare auf Zähnen zu stutzen. Und das kann sich ja jeder vorstellen: Überschreiten diese Haare erst eine bestimmte Länge, schränkt das die Schönheit einer Frau nicht unbeträchtlich ein und hält potentielle Lover auf Distanz.

Zurück zu meinem Vater: Die Beamtenfachschule, heute hätte diese den Status einer Fachhochschule, absolvierte er mit Auszeichnung, so dass er dem älteren Kollegen und späteren väterlichen Freund und noch späteren erbitterten Feind Karl, meinem Paten, als hoffnungsvoller junger Kollege auffiel.

Das Pech von Karl war, dass er eine fast zwanzig Jahre jüngere Ehefrau hatte, die offenbar – auch nach meinem viel später anlässlich meines Besuchs gewonnen Eindruck – keineswegs zu den hässlicheren und weniger intelligenten Exemplaren einer Frau zählte. Diese Frau wandte sich dem jungen hoffnungsvollen Kollegen ihres Mannes in einer Weise zu, die den Vorstellungen ihres Mannes nicht entsprach. Die anfänglich väterliche Freundschaft veränderte sich dramatisch, und zwar genau umgekehrt proportional dazu, wie das Geweih des väterlichen Freundes wuchs. Und wer hat es schon gern, wenn ihm ein Geweih wächst!

Noch im Jahre 1939 meldete sich mein Vater freiwillig zum Militärdienst. Das haben nur diejenigen seiner Bekannten verstanden, die sein oben beschriebenes berufliches und gleichzeitig familiäres Problem kannten. Denn so viel stand für alle fest: Die Liebe zum Führer war es nicht.

Aus heutiger Sicht und aus der Kenntnis des Charakters meiner Mutter heraus ist beim besten Willen nicht zu entscheiden, ob der aufgrund des Geweihwuchses drohende Karriereknick ausschlaggebend für die Entscheidung war oder ob es die Angst vor dem Leben mit meiner Mutter war. Beides ist denkbar. Für einen karrieregewohnten, ja geradezu bildungsneidischen Einserschüler wie meinen Vater war es ein unerträglicher Gedanke, nach 35 Dienstjahren als Steuerinspektor pensioniert zu werden. Und mit dieser Höchststrafe musste man als junger Inspektor

sicher rechnen, wenn man die junge, attraktive Frau eines alternden Vorgesetzten begattete. Andererseits ist es angesichts des Charakters meiner Mutter durchaus nachzuvollziehen, dass schon allein die Aussicht, bis zum Tode mit einer Frau, wie meine Mutter eine war, zusammen leben zu müssen, die Entscheidung, lieber im Krieg zu fallen, plausibel macht.

Während des Krieges hatte mein Vater wie jeder Soldat natürlich auch Heimaturlaub. Aber den verbrachte er nicht bei meiner Mutter und mir – sonst hätte ich ihn ja mal kennen gelernt –, sondern bei seiner neuen Freundin. Sich eine neue Freundin zuzulegen, war notwendig geworden, weil die alte junge es vorgezogen hatte, ihrem Mann, dem alternden Vorgesetzten, bei der Geweihpflege behilflich zu sein. Und so ein Geweih hat ja die in einem solchen Fall nicht unangenehme Eigenschaft, dass es irgendwann mal abgeworfen wird. Vielleicht war es auch der Reiz, bald in den Genuss einer nicht unbeträchtlichen Beamtenpension zu kommen, der sie sich hat von meinem Vater abwenden lassen. Vielleicht hat auch die Tatsache dabei eine Rolle gespielt, dass ihr mein Vater ja nicht verloren zu gehen schien, denn seine neue Freundin war pikanterweise die jüngere Schwester der Ehefrau des Geweihträgers. Da kann man nur mit dem Kopf schütteln und den Zorn des ansonsten bekanntlich lieben Gottes angesichts der Verhältnisse in Sodom und Gomorra verstehen.

An dieser Stelle muss ich die Schilderung der den Soldaten Otto B. betreffenden Kriegsereignisse erst einmal unterbrechen, und mich dem Privatmann Otto B. zuwenden.

Seine Einserkarriere in Schule und Beamtenfachschule hatte ich schon erwähnt. Aber wenn man erst einmal auf einem solchen Trip ist, dann reicht es einem nicht mehr, in so einer einfachen Ausbildung Einsen zu bekommen. Dann betrachtet man eine Eins minus bereits als 'in den Sand gesetzt'. Dann muss man entweder noch ein Parallelstudium absolvieren oder seine Freizeit mit anderen intellektuellen Tätigkeiten ausfüllen. Ein Parallelstudium zur damaligen Zeit war allein aus organisatorischen Gründen nicht möglich, insbesondere, wenn man seine kompensatorische Arbeit hinsichtlich der progredienten Demenz seiner Mutter bedenkt, die manch einen Menschen allein schon an den Rand

des Zusammenbruchs gebracht hätte: Kein Mensch durfte wissen, dass seine Mutter schwachsinnig war! Also mussten andere intellektuelle Beschäftigungen her, denn auch das sportliche Engagement, Fußballtorwart in einer Oberligamannschaft zu sein, befriedigte ihn nicht. Nach dem Ergebnis meiner Recherchen soll er fließend Englisch, Französisch und Spanisch gesprochen haben. Aber das reichte natürlich noch nicht, das konnten ja viele! Er war seit dem Beginn seiner Ausbildung zum Steuerinspektor ein leidenschaftlicher und auch erfolgreicher Stenograf. Da lag es ja eigentlich nahe, auch englische, französische und spanische Stenografie zu lernen. Kurzum: In spanischer Stenografie soll, so sagt man, er es noch nicht zur Perfektion gebracht gehabt haben. Wenn nur der Krieg und die Sache mit dem Geweih nicht dazwischen gekommen wäre!

Zum Glück weiß ich nicht aus eigener Erfahrung, wie es jemandem, der auf dem besten Wege zur Allwissenheit ist, geht, wenn er einmal kritisiert wird. Aber nach meinen Recherchen konnte mein Vater mit Kritik ganz schlecht umgehen, und das ist wohl sehr wohlwollend formuliert. Man erzählte ein meines Erachtens ziemlich interessantes und zugleich bezeichnendes Beispiel:

Anlässlich eines Fußballspiels in der damaligen Oberliga war der Torwart, ein gewisser Otto B., mit einer Schiedsrichterentscheidung nicht einverstanden und stellte diese während des Spiels selbstverständlich zur Diskussion und den Verursacher, nämlich den Schiedsrichter, zur Rede. Aber autoritär, wie Schiedsrichter nun einmal sind, beging dieser die Ungeheuerlichkeit, seine Entscheidung trotz der stringenten Argumentation des Otto B. nicht zu revidieren. Was blieb dem Otto B. anderes übrig, als kurzerhand sein Tor und damit den Platz zu verlassen. Es war ihm nicht mehr zumutbar, unter der Leitung eines derart unfähigen und renitenten Schiedsrichters Fußball zu spielen. Man muss eben auch Opfer bringen! Dann geht eben ein solches Spiel mal verloren!

Die Schwierigkeit war nun, dass es in einem Krieg zwar keinen Schiedsrichter gibt, aber eine Fülle von Vorgesetzten mit einer vergleichbaren Amtsautorität und Befehlsgewalt. Und nicht alle Vorgesetzten des Otto B. waren ihm nach seiner eigenen Beurteilung intellektuell gewachsen. Schließlich sollte so ein Krieg ja auch gewonnen werden!

Sicher wäre ein Krieg nicht dadurch verloren gegangen, wenn ein Otto B. ihn frustriert verlassen hätte, weil er mit einer Entscheidung eines Vorgesetzten nicht einverstanden war! Aber im Krieg konnte man offenbar nicht so einfach nach Hause gehen! Zwar wäre der Vorgesetzte sicher auch froh gewesen, wenn einer wie Otto B. nicht mehr da gewesen wäre, aber dafür hatte man im Krieg andere Methoden: Zum Beispiel einen Erkundungsauftrag hinter den feindlichen Linien bei Nacht und Nebel. Und genau bei einem solchen Einsatz hatte es meinen Vater hart erwischt: Acht Wochen Feldlazarett, dann ein halbes Jahr Heimatlazarett, und dann soll er soweit wieder hergestellt gewesen sein, dass er ein normales ziviles Leben hätte führen können. Aber an den Dienst als Soldat war nicht mehr zu denken. Niemand weiß, wieso er am Anfang des Jahres 1945 `kv`, kriegsverwendungsfähig, geschrieben wurde. Tatsache ist, dass er einen Einsatzbefehl für eine Einheit hatte, die am Plattensee in Ungarn für den Endsieg kämpfte, an den längst kaum noch einer glaubte. Und dazu bedurfte es sicher keiner außergewöhnlichen Intelligenz!

Bisher ist es eigentlich eine stinknormale, langweilige Geschichte. Ab jetzt wird sie mysteriös. Meine Mutter kannte diesen Teil der Geschichte; das wurde mir im Laufe meiner Recherchen immer klarer. Deshalb ihre mysteriöse Formulierung: `Dein Vater ist *im Krieg geblieben*`.

An dem Tag Anfang 1945, an dem mein Vater sich in Bewegung setzte, um direkt aus dem Heimatlazarett zum Plattensee an die Front zu gelangen – es war ein Tag, an dem es einen Bombenhagel gab und vieles drunter und drüber ging –, an dem Tag jedenfalls verschwand die Freundin meines Vaters, jene Schwägerin des Geweihträgers, spurlos von der Bildfläche. Ein Zufall? Wohl kaum! Nun gab es ja einen Luftangriff, ja, aber man hat auch keine Leiche gefunden, die auf diese Dame gepasst hätte. – Merkwürdigerweise ist mein Vater definitiv nicht bei seiner Einheit am Plattensee angekommen. In Deutschland hat man nie wieder etwas von den beiden gehört.

Ich gönne es den beiden! Aber meine Mutter war bestimmt nicht so tolerant. Sie hat ihn schließlich für tot erklären lassen, um in den Genuss der Pension zu kommen. Das mag als Information zu meinen beiden Paten Otto und Karl genügen!　　　　　***

Heinrich, der dritte Pate

Nun zu meinem Paten Heinrich. Dabei kommen wir nicht an dessen Ehefrau, meiner Großmutter Berta, und deren Tochter Frieda, meiner Mutter, vorbei.

Für jeden, der der Kunst des einfachen Addierens und Subtrahierens mächtig war, und für besonders fromme Menschen, die ja wussten, dass man überhaupt nicht schwanger werden *kann*, wenn man nicht verheiratet ist, gab es nicht den geringsten Zweifel, dass mein Onkel, der ältere Bruder meiner Mutter, der älteste Sohn von Heinrich und Berta, ein Sechsmonatskind war. Nur ein paar Miesmacher, Querulanten und Schandmäuler, die ehrbare Bürger in den Schmutz ziehen wollten, hielten es für wahrscheinlicher, dass meine Großeltern geheiratet hatten, *weil* ein Kind unterwegs war. Wie dem auch sei, wir wissen es nicht. Auf alle Fälle gab es in der Familie von Heinrich und Berta nicht den Makel eines unehelichen Kindes!

Heinrich, der *nichts* besaß *außer* einem Beruf, und Berta, die ihres Erachtens schon *einiges* besaß, aber keinen Beruf, traten der Not gehorchend oder freiwillig in den heiligen Stand der Ehe.

Heinrich stammte aus einer an der Armutsgrenze lebenden Arbeiterfamilie und hatte Schlosser gelernt. Bertas Eltern hatten sich durch aufopfernde Arbeit als Gastwirte das Haus gekauft, in welchem sie die Gastwirtschaft betrieben. Ihre Arbeit hatte sich offenbar gelohnt: Gesoffen wird eben immer! In Bertas eigener Fantasie war sie reich, und ihr gebührte infolge dessen Achtung. Heinrich hingegen war in ihren Augen ein `Habenichts` und konnte froh sein, dass er eine derart begehrenswerte Frau wie sie abbekommen hatte.

Heinrich arbeitete 48 Stunden in der Woche am Fließband `auf` der Ex. Das war der volkstümliche Begriff für Excelsior. Dabei handelte es sich um ein Zweigwerk der Firma Continental, welches in einer Vorstadt von Hannover namens Limmer stand. Und immer freitags, wenn in den sogenannten Lohntüten der Wochenlohn in bar an die Arbeiter ausgezahlt wurde, holte Berta ihn von der Ex ab, und er musste vor dem Fabrikgebäude bis auf ein geringfügiges Taschengeld seinen gesamten Lohn

abgeben. `Handstand machen` nannten das seine Arbeitskollegen nicht ohne Häme.

Die Ehe war wohl für beide die Hölle, so habe ich es jedenfalls als Kind erlebt. Heinrich war ein außerordentlich einfach strukturierter Mensch, der allerdings, das hat sich später in seiner zweiten Ehe gezeigt, mit ein wenig Geschick sehr leicht zu führen war. Aber dieses Geschick hatte Berta nicht, oder sie wollte es nicht haben. Sie war ja nach ihrer eigenen Definition etwas Besseres!

Berta verhielt sich eigentlich immer so, wie Heinrich es nun überhaupt nicht ertragen konnte. Man konnte als Beobachter den Eindruck gewinnen, sie pickte sich absichtlich gerade die Verhaltensweisen heraus, von denen sie genau wusste, dass sie Heinrich auf die Palme bringen würden. Das führte dazu, dass Heinrich in einfachen Worten, aber vom Grundsatz her friedlich, zunächst einmal versuchte, deutlich zu machen, das könne er nicht leiden! Aber dass gerade *das* von Berta als Verstärker aufgefasst wurde, hat er bis zu seinem Tode nicht begriffen.

Man stelle sich also vor: Ein Mann mit einer sehr schlichten Struktur ärgert sich, sagt das und bittet dadurch quasi mittelbar um eine Verhaltensänderung, ärgert sich noch mehr, weil er merkt, dass er genau das Gegenteil erreicht, sagt genau dieses etwas lauter ... Und irgendwann, nämlich genau dann, wenn das Maß an Ärger die ohnehin nur spärlich ausgeprägte Argumentationsfähigkeit gänzlich versiegen lässt, schlägt er zu. Eine klassische Eskalation, die noch ihre Fortsetzung erfährt: Berta schreit unverhältnismäßig oft und laut, während sie ins Treppenhaus `ihres` Zehnfamilienhauses rennt – gemeint ist natürlich das Haus ihrer Eltern: „Hilfe! – Hilfe! – Mein Mann schlägt mich! – Mein Mann tut mir weh!" – Spätestens beim dritten Hilferuf stand das Treppenhaus voller Hausbewohner. Und wenn so etwas durchschnittlich zweimal die Woche passiert, hat man bei einer späteren Ehescheidung zu einer Zeit, als es noch das Schuldprinzip gab, ein Heer von Zeugen für seine Unschuld. Und so war es auch.

Am gleichen Tag, als meine Urgroßmutter starb, packte meine Großmutter nach nahezu vierzigjähriger Ehe zwei Koffer mit Heinrichs Sachen und stellte sie vor die Wohnungstür ins Treppenhaus, genährt durch die Hoffnung auf ein ansehnliches Erbe. Und als Heinrich von der

Ex nach Hause kam und klingelte, weil der Schlüssel von innen steckte, rief sie ihm durch die Wohnungstür zu: „Ich brauche Dich nicht mehr! – Die Alte ist endlich tot! – Sieh zu, wo der Pfeffer wächst!"

Aus dieser Ehe ist meine Mutter hervorgegangen.

Meine Mutter und ihre Eltern verband so etwas wie eine Hassliebe. Ich erinnere mich, dass wir, meine Mutter und ich, die meiste Zeit mit meinen Großeltern, später allein mit meiner Großmutter, zusammenwohnten. Ich kenne die Dinge, die ich erzähle, also nicht nur vom Hörensagen, sondern aus eigener Anschauung. Fernsehen gab es ja noch nicht. Das brauchten wir auch nicht. Bei uns war immer etwas los. Gewalt und Häme ersetzte jede Argumentation. An ein relativ harmloses Ereignis erinnere ich mich noch sehr genau. Wahrscheinlich, weil es mich über die Maßen belustigt hat:

Wir saßen an einem Sonntag gemeinsam um den Küchentisch herum, um das Mittagessen einzunehmen, ein Ereignis, das höchst selten vorkam! Es gab Pellkartoffeln mit Specksauce. Eine Meinungsverschiedenheit zwischen Berta und Heinrich führte zu einer Stichelei von Berta Heinrich gegenüber. Der versuchte, weil rhetorisch nicht sonderlich auf der Höhe, durch Lautstärke unter Beweis zu stellen, wer das Sagen habe. Eine Intervention seitens meiner Mutter unterband er, wie sich dann herausstellte, vergeblich mit dem lapidaren Satz: 'Du hast hier gar nichts zu sagen!' Daraus leitete meine Mutter die Berechtigung ab, ihm eine heiße Pellkartoffel an den Kopf zu werfen. Sie traf! Die Antwort bestand in einer heißen Pellkartoffel, auf das Sonntagskleid meiner Mutter geworfen. Als der Vorrat der Kartoffeln auf diese Weise erschöpft war, griff man zu den bereits gepellten Kartoffeln, die bereits mit Sauce begossen waren, was natürlich dem Aussehen des Sonntagskleides meiner Mutter beileibe nicht zuträglich war. Fast wäre ich geneigt zu sagen: 'Und plötzlich gab es Streit!'

Ich hatte bei dem Ereignis zum einen das Glück, nicht in der Schusslinie zu sitzen. Zum anderen stellte ich meinen noch nicht mit Pellkartoffeln und Sauce belegten Teller aufrecht wie einen Schutzschild und verbarg mich dahinter. Es war vorher zu sehen, dass die 'Munition' im Begriff war auszugehen. Das zog notwendig einen Strategiewechsel nach sich. Das neuerliche Verhalten der Akteure ersetzte jeden Fernsehfilm:

Mein Großvater Heinrich schlug meine Großmutter Berta, die ihn mit Häme bis aufs Blut reizte. Und weil er gerade dabei war, schlug er auch meine Mutter. Das allerdings hat er nur genau einmal gemacht. Denn meine Mutter beantwortete diese Tat mit einem derartigen linken Haken, dass mein Großvater Heinrich minutenlang zu Boden ging, ehe er sich mühsam wieder aufrappeln konnte und dann mit hängenden Fittichen die Wohnung verließ, um im Alkohol seinen Trost zu suchen. Eine ethische oder moralische Frage wurde nicht gestellt. Klar war: Dieser Haken war die Sprache, die mein Großvater verstand. Fortan musste er sich wohl oder übel die Häme meiner Mutter gefallen lassen, die meiner Großmutter nicht.

Was man bekommt, gibt man nach unten weiter: Meine Großmutter schlug mich, wenn auch relativ selten, aber immerhin durchschnittlich monatlich ein- bis zweimal. Meine Mutter schlug mich etwa zwei- bis dreimal die Woche. Sie nannte es eine ‚Jagdreise‘. Zu dem Zweck hatte sie sich eigens einen Teppichausklopfer mit einem besonders kleinen Kopf gekauft, obwohl es in der gesamten Wohnung nicht einen einzigen Teppich gab. „Der zieht besser!" war ihr Kommentar. Der einzige, der mich nie geschlagen hat, war mein Großvater Heinrich. Ich mochte ihn trotz allem gern. –

Eine schrecklich nette Familie auf der Grenze zur Asozialität! Oder hatte sie die Grenze schon überschritten?

Heinrich ist im Alter von neunzig Jahren nach einer außerordentlich harmonischen Zweitehe friedlich gestorben. Ich habe ihn noch oft besucht. Seine Frau, zwei Jahre jünger als er, und er gingen bis ins hohe Alter miteinander um wie zwei Liebende. Berta ist hundertundeins Jahre alt geworden. Sie hat auch ihren zweiten Mann, einen Jasager, der still vor sich hin litt und der es dann vorgezogen hat, sich einen Krebs zuzulegen und zu sterben, überlebt und war mit Gott und der gesamten Welt zerstritten und voller Hass. Wieder einmal ein Beispiel dafür, dass Hass offenbar stärker und länger an diese Welt bindet als Liebe!

Frieda, meine Mutter, hat sich in die Demenz geflüchtet, ich vermute, weil sie die Erinnerungen an ihr eigenes Leben nicht mehr ertragen konnte, allerdings in eine besonders aggressive Form von Demenz, die dafür sorgte, dass sie die letzten zwanzig Jahre ihres Lebens im

Wesentlichen schimpfend zugebracht hat, egal, ob es einen Zuhörer gab oder nicht. Sie ist mit zweiundneunzig Jahren in einem Pflegeheim gestorben. Immerhin hat sie es fertiggebracht, ihren einzigen Sohn mit neunzehn Jahren unmittelbar nach dem Abitur hinaus zu werfen, und zwar äußerst publikumswirksam. Das Publikum bestand aus Wohnungsnachbarn und Bewohnern der Nachbarhäuser. Wie der Engel Gabriel weiland am Tor des Paradieses stand, um Adam und Eva nach dem Sündenfall des Paradieses zu verweisen, so stand meine Mutter zunächst in der offenen Wohnungstür des Mehrfamilienhauses, dann vor der Haustür auf dem Gehsteig und schrie mit beifallsheischendem Blick zum Publikum so markige Sätze wie: „Mach, dass Du raus kommst. Ich will Dich nie wieder sehen. Und wenn Du in der Gosse oder sonst wo im Dreck liegst, dann steige ich über Dich hinweg und kenne Dich nicht!"

Wie gut, dass mein Vater sich rechtzeitig verpieselt hat. Ich kann ihn im Nachhinein sehr gut verstehen. Immerhin hat er es mir erspart, Publikum für die vielen potentiellen lautstarken Streitereien zwischen meinen Eltern zu sein, deren prinzipiellen Verlauf ich mir sehr gut vorstellen kann. Dafür bin ich ihm im Nachhinein dankbar.

***

Die Kindheit des Jungen von nebenan

Ich denke, ich habe bis hierhin ein hinreichend genaues Bild des `Backgrounds` des Jungen von nebenan gezeichnet. – Ist das nicht schrecklich, diese Anglismen? Sie nehmen Überhand, finde ich! Warum nehmen wir nicht unser deutsches Wort `Hintergrund`?

Jetzt ist es an der Zeit, mit dem Gemälde des Jungen von nebenan selbst anzufangen. Ich zeichne zunächst nur einige Tupfer in das Gemälde, mal ein paar größere, mal ein paar kleinere. Ich hoffe, dass ich auf diese Weise das Gemälde vor dem Auge des Betrachters dann zusammensetzen kann.

Da waren zunächst die vielen Bombennächte im Bunker, die ich erlebt habe. Ich spürte körperlich die Erschütterungen, die es gab, wenn in der Nachbarschaft eine Bombe fiel. Immer wieder fragte ich meine Mutter: „Fällt auch keine Bombe auf den Bunker?" Und immer wieder bekam ich die stereotype Antwort: „Wo denkst Du hin! Die fallen nur um den Bunker herum." Ich glaubte ihr.

Einmal stellte ich die Frage: „Warum schmeißen die Tommies mit den Bomben bei uns alles kaputt?" `Tommies` war die Formulierung der Erwachsenen meines Umfelds. Ich hatte keine Ahnung, wer oder was das war. Aber das bekam ich dann in einprägsamer Weise von meiner Mutter erklärt: „Das sind unsere Feinde!" Ich hatte keine Ahnung, was `Feinde` waren, und ich fragte nach. „Feinde sind ganz böse Menschen, die Deutschland zerstören wollen und die Menschen, die hier wohnen, töten wollen." Nun wusste ich genau Bescheid. Kein Wunder, dass ich von einer furchtbaren Angst fast zerrissen wurde, als unser Bunker 1945 von den Alliierten `eingenommen` wurde. Und das war so:

Durch den Lautsprecher wurde angesagt, der Bunker sei von den amerikanischen Streitkräften eingenommen worden. Jeder von uns habe sich zu ergeben und zum Zeichen dessen beide Hände hoch zu nehmen. Alle Insassen des Bunkers, heute schätze ich, es waren fast tausend Menschen, standen minutenlang mit erhobenen Händen. Ich auch. Es wurde nur geflüstert. Dann kam durch den Lautsprecher, wir könnten die Hände wieder runter nehmen. Das tat ich dann auch.

Wieder gab es eine Durchsage: Alle Bunkerinsassen, die eine Schusswaffe bei sich trügen, hätte diese sofort dem amerikanischen Kommandanten des Bunkers zu übergeben. Wenn man beim Verlassen des Bunkers bei einem einzigen Insassen eine Waffe fände, hätte das ernste Konsequenzen. Dann wieder eine Durchsage: Alle Insassen sollten langsam in Einerreihe den Bunker verlassen. Der amerikanische Kommandant behalte sich vor, Leibesvisitationen durchzuführen. Wir verließen den Bunker im Gänsemarsch mit erhobenen Händen. An der Ausgangstür standen zwei ʽFeindeʼ, wie mich meine Mutter aufklärte, mit jeweils einer Maschinenpistole im Anschlag. Ich hatte Angst und hoffte, dass niemand eine Waffe bei sich trug. Was war ich froh, als ich zu Hause war, ohne Verletzung, lebendig!

Am Nachmittag wurde ich Zeuge einer Kinofilm reifen Szene, die ich erst Jahre später begriff: Nach meiner Erinnerung standen an jeder Straßenecke zwei ʽFeindeʼ mit Maschinenpistolen, als plötzlich ein offener Wagen, ein Cabriolet, um die Ecke bog. Der Fahrer war ein Mann in deutscher Uniform. Und hinter ihm im Fond stand ein Mann mit erhobener Hand, dem sogenannten Hitlergruß, ebenfalls in Uniform. Nach etwa 30 Metern brach der Mann im Fond erschossen zusammen. Der Wagen hielt an, der Fahrer wurde mit erhobenen Händen abgeführt.

Ich war sechs Jahre alt. Bombennächte gab es nicht mehr. Erschießungen dieser Art offenbar auch nicht. Die in den Straßen stehenden ʽFeindeʼ waren ausnahmslos nett: Sie verteilten Süßigkeiten und Kaugummi an uns Kinder. Ich konnte meine Mutter überhaupt nicht verstehen. Ich fragte sie eines Tages: „Mutti, gibt es nicht auch nette Feinde?" Ich bekam eine Ohrfeige. Ab sofort fand ich die ʽFeindeʼ nur noch heimlich nett. Aus meiner Sicht war alles in Ordnung, nur meine Mutter nicht.

Die Kriegs- und Nachkriegsereignisse stellten sicher eine wichtige Komponente in meiner Sozialisation dar, ohne Frage. Aber mindestens ebenso wichtig war das, was unter dem Etikett ʽErziehungʼ von meinem familiären Umfeld ausging — etwas, was sicher angesichts der ersten Kapitel dieser Schilderung nicht wirklich überraschend ist.

Der Satz, der sozusagen als Motto über dem stand, was meine Mutter und meine Großmutter unter dem Begriff ʽErziehungʼ verstanden, war: Wer sein Kind liebt, der züchtiget es. Immerhin ist dieser Satz des

Öfteren aus dem Munde meiner Mutter und meiner Großmutter zu vernehmen gewesen. Trotzdem oder gerade deswegen bedarf er einer Analyse und Interpretation.

Um die eigentliche Aussage des Satzes zu verdeutlichen, ist es sinnvoll, das Verb `züchtigen` durch `verprügeln` zu ersetzen. Also: Wer sein Kind liebt, der verprügelt es.

Ich habe als Kind und auch noch als Jugendlicher nie verstanden, wie es eine solch augenfällige Diskrepanz zwischen dem Umgang der Erwachsenen innerhalb unserer Familie untereinander und dem Umgang mit mir geben konnte. So etwas wie Respekt oder Achtung der Tochter gegenüber ihrem Vater oder ihrer Mutter gab es praktisch nicht: Man schrie sich gegenseitig an und belegte sich mit Schimpfwörtern aus der untersten Schublade und prügelte sich. Gleichwohl verlangte man von mir ein absolut angepasstes Benehmen ohne jeden Tadel und ohne zu widersprechen. Gab es daran auch nur eine Kleinigkeit auszusetzen, so bekam ich ein `Jagdreise`, wie meine Mutter es nannte, also eine Tracht Prügel. Erst sehr viel später erkannte ich die Ursachen für diese Diskrepanz:

Natürlich sollte niemand merken, was für Zustände in unserer Familie herrschten. Deshalb musste nach außen hin stets alles so aussehen, als seien wir eine Vorzeigfamilie. Dun deshalb war es nötig, der Öffentlichkeit zu demonstrieren, welch strenge und moralisch hochstehende Erziehungsprinzipien in unserer Familie herrschten: `Seht alle einmal her, was ich für eine tolle Mutter bin! Ich erziehe meinen Sohn zu einem guten Menschen!`

So geschah es, dass ich etwa zweimal pro Woche für irgend ein Fehlverhalten eine `Jagdreise` bekam, die sich gewaschen hatte, ganz abgesehen von den vielen, vielen Ohrfeigen, meistens ohne jede Vorwarnung mit der Rückhand geschlagen und vorzugsweise vor Publikum. Anfangs, als ich noch ein kleiner Junge war, wurde eine solche `Jagdreise` mit der bloßen Hand verabreicht. Das schien meiner Mutter aber mit der Zeit nicht mehr zu reichen. Mindestens wurde es deutlich schwieriger, mir die `Jagdreise` so angedeihen zu lassen, dass sie auch richtig wehtat. Schließlich hatte ich mir mit der Zeit ein reichhaltiges Repertoire an Abwehrmechanismen angeeignet und war mit zunehmender

Körperkraft auch immer besser in der Lage, das auch effektiv einzusetzen und so den Zweck einer `Jagdreise` in Frage zu stellen. Deshalb legte sich meine Mutter einen Teppichklopfer zu. Aber nicht irgendeinen, sondern einen solchen, der einen sehr kleinen Kopf von etwa zehn Zentimeter Durchmesser hatte, „weil der besser zieht!" Dass es in unserer Wohnung nicht einen einzigen Teppich gab, spielte in diesem Zusammenhang keine Rolle.

Natürlich hatte ich vor diesem Teppichklopfer einen riesengroßen Respekt, der sich selbstverständlich in meinem Verhalten zeigte: Zunächst einmal versuchte ich nach Kräften, keinen Anlass zu einer `Jagdreise` zu geben, das heißt, keinerlei Unsinn zu machen, den andere Jungen in meinem Alter gewöhnlich machten. Im Stillen hatte ich gehofft, dadurch die Frequenz der `Jagdreisen` senken zu können. Doch diese Hoffnung sollte sich nicht erfüllen. Intuitiv erkannte ich, dass meine Mutter die Frequenz quasi dadurch künstlich aufrechterhielt, dass sie ihre Reizschwelle deutlich absenkte. Und das machte mich natürlich traurig. Hinzu kam, dass es eine zweite Maxime meiner Erziehung gab, die in meinem Verhalten ihre Spuren hinterließ: ‚Du hast nur dann zu reden, wenn sich das Handtuch von selbst bewegt!‘

Nun, in der Küche, wo sich das, was man gemeinhin Familienleben nennt, abspielte, gab es eine Wasserleitung über einem Ausgussbecken. Daneben an einem in die Wand geschlagenen Nagel hing ein Handtuch. Und genau diesem wurde nun die Regie dafür aufgebürdet, wann ich meinen Einsatz wahrzunehmen hatte. Ganz zu Anfang, also als sehr kleiner Junge, habe ich tatsächlich des Öfteren das Handtuch minutenlang beobachtet, wenn ich einen Gesprächsbeitrag leisten wollte, was sich natürlich keineswegs positiv auf meine Spontaneität auswirkte, wie man sich leicht vorstellen kann. Wie enttäuscht war ich, als ich irgendwann erkannte, dass dieses Handtuch keinerlei Eigenleben besaß, welches ja die Voraussetzung für eine spontane Bewegung gewesen wäre!

Kurzum: Als kleiner Junge war ich ohne jedes Selbstvertrauen, im höchsten Maße schüchtern und vor lauter Angst nicht fähig, eine wenn auch noch so unwichtige Entscheidung zu treffen, gleichwohl aber stets bemüht, immer das Richtige zu tun, was immer das auch war.

In der Wohnung unter uns – ich weiß es noch genau – wohnte damals die Familie Oppermann mit ihrem Sohn Wolfgang. Wolfgang war etwa ein Jahr älter als ich und das, was man einen richtigen Jungen nannte. Niemandem wäre eingefallen, mich auch so zu bezeichnen! Ich war dabei, als sich eines Tages Frau Oppermann und meine Mutter im Treppenhaus über Kinder und deren Erziehung unterhielten. Diese Unterhaltung wurde von meiner Mutter abrupt abgebrochen, als Frau Oppermann sagte:

„Ihr Sohn kommt ja jetzt bald in die Schule. Na, da werden Sie ja noch Ihr blaues Wunder erleben, denn Ihr Sohn ist ja wohl ein bisschen –"

Und statt den Satz zu beenden, machte sie eine unzweideutige Handbewegung, die die Wörter „plem plem" eindrucksvoll ersetzte. Natürlich regte diese Unterhaltung meine Mutter zum Nachdenken an. Und was kam dabei heraus:

1. Meine Mutter hat nie wieder ein persönliches Wort mit Frau Oppermann gewechselt.
2. In Gesprächen zwischen meiner Mutter und meiner Großmutter wurde kein gutes Haar an der Familie Oppermann gelassen.
3. Das Verhalten von Wolfgang wurde des Öfteren von meiner Mutter als Negativbeispiel herangezogen.

Eine Reflektion ihres eigenen Verhaltens erfolgte selbstverständlich nicht. Eine gewisse Berechtigung dafür, ihr eigenes Verhalten nicht in den Blick zu nehmen, zog meine Mutter auch daraus, dass meine schulischen Leistungen keineswegs der Prognose von Frau Oppermann entsprachen. Und Begriffe wie Selbstwertgefühl und ähnliche zählten nicht zu den Kategorien, die jemals in das Denken meiner Mutter Eingang gefunden hatten. Und so ist es dann wahrscheinlich als Wunder zu werten, dass aus dem Jungen von nebenan doch noch ein Mitglied unserer Gesellschaft geworden ist, welches mit großer Wahrscheinlichkeit nicht im betreuten Wohnen seinen Lebensabend beschließt.

Obwohl meine Mutter jahrelang auf die beiden oben genannten Erziehungsprinzipien und nur darauf setzte, konnte sie nicht verhindern, dass ganz allmählich bei mir ein Denkprozess einsetzte. „Besser spät als nie!" sagt der kleine Lord in dem gleichnamigen Film, der Weihnachten für Weihnachten Millionen von Fernsehzuschauern zu Tränen rührt. Mir

wurde immer klarer, dass diese `Jagdreisen` in erster Linie der Selbstbefriedigung meiner Mutter dienten und dass der immer öfter genannte Grund, sie müsse mit besonders starker Hand durchgreifen, da mir ja der Vater fehle, ein vorgeschobener war. Trotzdem habe ich mich bis zu meinem siebzehnten Lebensjahr nicht dazu aufraffen können, dem grausigen Treiben ein Ende zu setzen. Woche für Woche habe ich mich verprügeln lassen – bis zu jenem denkwürdigen Tag!

Wieder einmal nahm meine Mutter eine Kleinigkeit zum Anlass, mir eine `Jagdreise` zu verpassen. Aber es war mir einfach nicht danach zu Mute, das wie bisher wortlos über mich ergehen zu lassen. Ich entwand meiner Mutter kurzerhand den Teppichklopfer und knickte seinen Griff und machte ihn damit unbrauchbar.

Dann ergriff ich meine Mutter an beiden Oberarmen, hob sie hoch und setzte sie auf den Küchentisch. Im ersten Moment war sie so perplex, dass sie weder ein Wort sagte noch einer Gegenwehr fähig war. Allerdings nur im ersten Moment. Im nächsten Moment begann meine Mutter ein geradezu hysterisches Geschrei:

„Hilfe, mein Junge fasst mich an!"

Und diesen Satz wiederholte sie mehrmals mit wachsender Lautstärke, als lasse sie eine Schallplatte mit einem Sprung ablaufen. Und in dem Augenblick, als sie offenbar zu verstehen begann, dass es sich bei dem Geschrei um eine nicht von Erfolg gekrönte Maßnahme handelte, versuchte sie aus der auf dem Tisch sitzenden Position mir, ihrem vermeintlichen Peiniger, einen Tritt dorthin zu versetzen, wo es bei einem Mann am meisten weh tut. Und ich bin sicher, dass die Tatsache, dass ich aus der Sicht meiner Mutter infolge meiner erst siebzehn Lenze noch nicht in die Kategorie `Mann` einzuordnen war, keinen mildernden Einfluss auf die Intensität des Schmerzes gespürt hätte. Vielleicht war es mein wöchentliches Reaktionstraining als Hallenhandballtorwart, das mich durch eine blitzschnelle Körperdrehung vor einer lebenslangen Zeugungsunfähigkeit bewahrt hat. Aber allein der Gedanke daran, was *hätte* sein können, und die damit verbundene potenzielle Erniedrigung haben dem in mir langsam fortschreitenden Emanzipationsprozess einen beachtlichen Schub gegeben. Ich weiß nicht mehr, was ich gesagt habe. Ich weiß nur noch, dass ich es unglaublich leise mit vor Zorn zusammen gekniffenen

Augen gesagt habe. Es muss für meine Mutter immerhin so beängsti-
gend geklungen und ausgesehen haben, dass sie abrupt ihr hysterisches
Geschrei beendete. Es muss auch eine so nachhaltige Wirkung auf meine
Mutter gehabt haben, dass sie es nie wieder gewagt hat, mich zu züchti-
gen.

***

Die ersten sexuellen Erfahrungen

Bisher ist – denke ich – deutlich geworden, dass die Sozialisation des Jungen von nebenan keinen zu der Zeit gewöhnlichen Verlauf nahm. Das trifft auch für die ersten sexuellen Erfahrungen zu. Damals machte ein Junge seine ersten Erfahrungen mit einem Mädchen vielleicht mit etwa neunzehn oder zwanzig Jahren. Der Junge von nebenan war erst acht Jahre alt.

Meine Mutter und ich hatten eine Wohnung in dem Hause meiner Großmutter Berta mit drei Zimmern und Küche, Toilette auf halber Etage. Die war für uns natürlich – jedenfalls für die Verhältnisse unmittelbar nach dem Krieg – viel zu groß. Also bekamen wir Untermieter, ein älteres Ehepaar mit Namen Dommes. Sie mochten wohl so alt gewesen sein, wie ich heute bin. Für mich waren sie uralt, und ich wunderte mich, dass es überhaupt so alte Menschen gab. Für mich war meine Mutter schon ziemlich alt. Sie war Mitte dreißig. Aber meine Großmutter und das Ehepaar Dommes! Ich konnte mir deren Alter eigentlich gar nicht richtig vorstellen.

Sie hatten eine Enkelin, die nur ein paar Straßen entfernt wohnte und die ihre Großeltern häufiger besuchte. Hedda hieß sie und war ein knappes Jahr älter als ich. Es lag nahe, dass wir uns in der gemeinsamen Wohnung begegneten und miteinander spielten, entweder bei uns oder bei ihren Großeltern oder auf dem großen Flur. Das Repertoire an Spielen reichte von „Stadt-Land-Fluss" bis zu Brettspielen wie „Halma" oder „Mensch ärgere dich nicht".

Wir verstanden uns gut, aber dennoch spielten wir nicht draußen zusammen, denn es war selbstverständlich, dass ich draußen mit Jungen zusammen spielte und nicht mit Mädchen. Meine Spielkameraden hätten mich ausgelacht, wenn sie gewusst hätten, dass ich mit einem Mädchen spielte, und das hätte ich nicht ertragen können. Komischerweise hätte ich auch meine Spielkameraden ausgelacht und hätte ihnen damit wehgetan. Was ich damit sagen will: Ein Gefühl für dieses alte Sprichwort „was du nicht willst, das man dir tu, das füg auch keinem andern zu" gab es bei mir nicht. Kurzum: Hedda und ich konnten nur

miteinander spielen, wenn das Wetter nicht dazu einlud, draußen zu spielen. Und so war es nach einiger Zeit schon fast selbstverständlich, dass Hedda immer, wenn kein gutes Wetter war, ihre Großeltern besuchte.

Hedda und ich waren sehr gute Freunde, aber eben nur heimlich. Niemand von ihren Spielkameradinnen und meinen Spielkameraden durfte davon erfahren. Oft saßen wir zusammen und freuten uns, dass niemand davon wusste. „Ei, wie gut, dass niemand weiß, dass ich Rumpelstilzchen heiß!" Und wenn wir so darüber sprachen, hatten wir ein starkes Gefühl von Gemeinsamkeit und Nähe. Wir setzten uns dabei gewöhnlich ganz dicht zusammen, beugten uns nach vorn und flüsterten. Nur wir beide wussten etwas! Kein anderer! Wir waren eine eingeschworene Gemeinschaft, fest zusammengefügt durch unser Geheimnis.

Immer öfter kam diese Stimmung auf, besonders, wenn es draußen kalt war und es regnete. Dann war es sowieso drinnen so richtig gemütlich. Und zusätzlich gab es noch unser Geheimnis!

Ich weiß nicht mehr, wer die Idee hatte. Jedenfalls waren wir einer Meinung, ein solches Geheimnis bedürfe einer intimeren Umgebung. Wir fassten den Entschluss, eine „Bude" zu bauen, in der nur wir beide Platz hätten.

Jeder von uns besorgte größere Tücher und Decken. In einer Ecke des Flurs stellten wir einige Stühle und einen Tisch in geeigneter Weise zusammen und drapierten Tücher und Decken so darüber, dass ein kleiner Raum abgeteilt wurde. Wir nannten das Gebilde Bude, unsere Bude.

Der Innenraum der Bude wurde gemütlich mit zwei Wolldecken ausgelegt, und dann krochen wir hinein.

Da saßen wir nun, fühlten einander ganz nahe und flüsterten und kicherten und erzählten uns Geschichten, die wir erlebt hatten oder die wir uns ausdachten. Es war natürlich stockdunkel in der Bude. Da uns nach einer Weile kalt wurde, der Flur war nämlich nicht geheizt, legten wir uns auf eine Decke. Mit der anderen deckten wir uns zu. Wir kuschelten uns ganz eng zusammen. Dabei wurde uns warm, und wir hatten das Gefühl noch größerer Nähe, und unser Geheimnis gewann an Bedeutung. Beide fanden wir diese Situation sehr schön und zugleich aufregend. Und wenn einer der Erwachsenen schließlich irgendeine Aufgabe für einen von uns

hatte und sie oder ihn rief, war der Traum jedes Mal zu Ende. Wir versprachen einander, uns wieder in unserer Bude zu treffen, sobald die Gelegenheit sich böte. Den Erwachsenen sagten wir, die Bude müsse unbedingt bestehen bleiben, sie dürfe auf keinen Fall kaputt gemacht werden, denn wir wollten damit noch spielen. Also blieb die Bude, wie sie war.

Wenn ich abends ins Bett ging, betete ich regelmäßig, dass am nächsten Tag kein schönes Wetter werden sollte, denn ich freute mich auf das Spielen in der Bude mit Hedda. Und in der Tat: Mein Gebet wurde zuweilen erhört.

Am zweiten oder dritten Tag der Existenz unserer Bude krabbelte ich, sobald ich meine Schulaufgaben erledigt hatte, hinein und wartete auf Hedda. Ich verhielt mich ganz still. Es war aufregend, wenn die Erwachsenen sich unterhielten und offenbar nicht wussten, dass sie belauscht wurden, nämlich von mir.

Dann kam Hedda. Sie klopfte an unsere Zimmertür und fragte nach mir. Meine Mutter sagte ihr, sie wisse nicht, wo ich sei. Sie habe mich schon eine halbe Stunde nicht gesehen.

„Schade", sagte Hedda, „ich wollte nämlich mit ihm spielen."

Sie klang traurig, als sie sich von meiner Mutter verabschiedete. Dann kam sie den langen Flur herunter. Die Schritte kamen direkt auf die Bude zu. Und tatsächlich kroch sie herein. Im ersten Moment sah sie mich nicht, weil es stockfinster in der Bude war. Dann erschrak sie, weil sie mich berührte.

„Scht!" machte ich, um ihr anzudeuten, dass ich es war und dass sie nichts sagen sollte. „Niemand weiß, dass ich hier drin bin."

Ich erzählte ihr, was ich alles gehört hatte und dass man die Erwachsenen belauschen könne, ohne dass sie etwas merkten. Wir kuschelten uns wieder aneinander und lauschten. Oh, wie aufregend!

Dann erzählte mir Hedda, dass sie ihre Eltern auch schon einmal aus einem Versteck im Wohnzimmer belauscht habe. Sie habe sich damals, vielleicht vor einem halben Jahr, zwischen zwei Sesseln eine Bude gebaut. Und abends habe sie sich in die Bude geschlichen und sich ganz still verhalten. Ihre Eltern hätten wohl gedacht, sie sei schon ins Bett gegangen.

„Hast Du etwas gehört oder gesehen?" fragte ich und war ganz aufgeregt.

„Und ob!" sagte sie bedeutungsvoll. „Aber was, das sage ich nicht!"

„Du bist gemein! - Warum sagst Du das nicht?"

„Das traue ich mich nicht!" schämte sich Hedda.

Ich war enttäuscht und drang in sie, mir doch wenigstens andeutungsweise davon zu erzählen. Schließlich sagte sie auf mein Drängen hin: „Sie haben „Mutter und Vater" gespielt."

„Mutter und Vater?" fragte ich im Flüsterton. „Das kenne ich nicht. Wie geht das?"

„Eben wie Mutter und Vater!" sagte sie etwas schnippisch.

„Sag mal, wie das geht!" insistierte ich.

Hedda weigerte sich eine lange Zeit, darüber mehr zu sagen, dabei hätte ich doch so gern gewusst, was für ein Spiel das war. Aber es war aus ihr nichts mehr herauszubekommen.

„Ach, hier seid Ihr!" unterbrach plötzlich die Stimme meiner Mutter unsere Zweisamkeit. Nun aber – marsch – an die frische Luft und nicht hier drin gehockt!" sagte sie und drohte, unsere Bude zu zerstören. Alles Betteln half nichts, wir mussten raus. Wenigstens gelang es uns, meine Mutter davon zu überzeugen, dass die Bude nicht zerstört wurde. Das war schwere Arbeit! Dann verabredete ich mich mit Hedda noch schnell für den nächsten Tag.

Ich spürte in mir ein merkwürdiges Kribbeln, jedenfalls ein mir völlig unbekanntes Gefühl. Was mochte das wohl sein? Keineswegs unangenehm, eben nur unbekannt. Es beschäftigte mich. Darüber hinaus beschäftigte mich die Frage, was für ein Spiel das wohl sein mochte, über welches Hedda nicht sprechen wollte. Das musste ja etwas Tolles sein! Oder spielte sie sich vielleicht nur auf? Ich musste das herausbekommen!

Am nächsten Tag trafen wir uns wieder in unserer Bude. Wieder kuschelten wir uns ein und lagen eng beieinander. Eine ganze Weile genossen wir das Unbeobachtetsein und unsere Nähe und schwiegen. Dann konnte ich nicht mehr ruhig sein. Ich musste einfach auf das Spiel „Mutter und Vater" zurückkommen. Ich musste einfach!

„Du, ich habe noch einmal darüber nachgedacht, was Du mir gestern erzählt hast über Deine Eltern. – Ich glaube, die haben überhaupt nichts

gemacht, und Du hast sie gar nicht belauscht. Deshalb willst Du darüber nichts erzählen!" klopfte ich auf den Busch.

„Wohl!" sagte Hedda. „Das stimmt wohl! Du brauchst das ja nicht zu glauben!"

„Tu ich auch nicht!" tat ich die Angelegenheit scheinbar endgültig ab.

„Ich habe *wohl* gelauscht, und ich habe *wohl* alles gehört und gesehen!"

„Was hast Du gehört und gesehen?"

„Na, eben alles! – Alles, was sie gemacht haben!" verteidigte sich Hedda.

„Dann sag es doch, was sie gemacht haben!" sagte ich etwas ungehalten, „oder zeig es mir!"

„Das kann man nicht zeigen. – Mein Vater hat einen Steifen gehabt, und dann haben sie gefickt," sagte Hedda,

„Was ist das, ein Steifer?" fragte ich, denn ich hatte keine Ahnung.

„Na, der da", und sie stupste mich in der Gegend meines Penis an, „der da war ganz steif und groß."

„Wieso?"

„Wieso? – Wieso?" äffte sie mich nach, „meine Mutter hat mir das hinterher erklärt. Wenn ein Mann und eine Frau sich ganz toll lieb haben, dann wird der da eben ganz steif und groß, hat sie gesagt."

„Einfach so?" fragte ich irritiert.

„Nicht einfach so!" sagte Hedda, „sondern wenn man damit ein bisschen spielt."

„Wenn man damit spielt?"

„Jawohl! Wenn man damit spielt, dann wird er ganz groß und steif! – Das hat meine Mutter jedenfalls gesagt. Und ich habe ihn ja auch gesehen, groß und steif!" sagte Hedda schmollend.

Wieder war dieses unbekannte Gefühl in mir. Ich konnte das, was Hedda erzählte, einfach nicht glauben, dennoch machte es mich neugierig.

„Wie spielt man denn damit?" fragte ich neugierig.

„Man spielt eben damit! – Man holt ihn raus und fasst ihn an, und dann spielt man damit. Meine Mutter hat das jedenfalls so gemacht."

„Und Dein Vater hat sich das einfach so gefallen lassen?" wollte ich wissen.

„Jaha!" sagte sie überzeugt. „Und dann hat er bei meiner Mutter auch angefasst, und dann haben sie Mutter und Vater gespielt."

„Und dann ist er groß und steif geworden?" fragte ich weiter.

„Jaha!"

„Und dann haben sie gespielt?"

„Dann haben sie *Mutter und Vater* gespielt", belehrte mich Hedda. „Das ging so: Der Vater legt sich auf die Mutter und fickt."

„Und tut was?" wollte ich weiter wissen.

„Ja, die ficken dann", sagte Hedda.

„Was ist das, ficken?"

„Naja, so genau weiß ich das auch nicht. Der Vater legt sich auf die Mutter, und dann bewegen sie sich. Und ich glaube, dabei steckt der Vater seinen Steifen bei der Mutter rein."

„Der steckt seinen Steifen bei der Mutter da unten rein?" fragte ich ungläubig. „Wieso denn?"

„Das weiß ich auch nicht. Jedenfalls habe ich das gesehen. Du brauchst es ja nicht zu glauben!"

Ich hatte immer noch dieses unbekannte Gefühl im Bauch. Ich erschrak, weil es so aussah, als wollte Hedda mit dem letzten Satz diese Unterhaltung beenden. Und das durfte auf keinen Fall passieren. Denn, so merkwürdig und unglaublich mir diese Unterhaltung auch erschien, so wollte ich dieses unbekannte, schöne Gefühl doch noch weiter haben. Das sollte nicht vorüber gehen! Deshalb musste ich die Unterhaltung unter allen Umständen wieder in Gang bringen.

„Meinst Du, dass das nur Deine Mutter und Dein Vater machen? Oder machen das andere Leute auch?" fragte ich interessiert.

„Meine Mutter sagt, das machen alle. Aber so etwas macht man nicht, wenn einer zuguckt."

„Dann zeig mir das doch mal! Hier guckt ja keiner zu, " sagte ich unbefangen.

„Aber wenn Deine Mutter oder meine Oma kommt!" wandte sie ein.

„Ach was!" sagte ich, als wisse ich darüber Genaueres, „die kommen schon nicht."

Irgendwie hatte ich das Gefühl, dass das, was wir vielleicht machen wollten, etwas ganz Schlimmes sei, etwas, das man nicht täte. Gleichwohl reizte es mich dadurch umso mehr, und ich ermunterte Hedda:

„Ich weiß überhaupt nicht, wie das gehen soll! Zeig mir das doch mal!" griff ich den Faden wieder auf. „Ich möchte gern wissen, wie das geht."

„Dann musst Du Deine Hose runterziehen", sagte Hedda, „sonst geht das nicht!"

Ich nestelte an meiner Hose, um sie hinunterzuziehen.

„Die Unterhose auch!" sagte sie, „sonst geht das nicht!"

„Die Unterhose auch?" Etwas wie Scham kam in mir auf.

„Ja, sonst geht das nicht! Sonst kann ich Dir das nicht zeigen!" blieb Hedda bei ihrer Ansicht.

In dem Kampf zwischen Neugier und Scham siegte bei mir schließlich die Neugier, und ich zog auch meine Unterhose bis zum Knie hinunter. Es war zwar dunkel in unserer Bude, aber unsere Augen hatten sich bereits so an das Dunkel gewöhnt, dass alles ziemlich deutlich zu sehen war.

„Und jetzt? – Wie geht es weiter?" fragte ich ungeduldig.

„Jetzt muss ich ihn anfassen", sagte Hedda kurz und nahm ihn in die Hand.

Da war es verstärkt, dieses merkwürdige Gefühl. Und wie durch ein Wunder wurde er ein bisschen steif. Schön fühlte sich Heddas Hand an.

„Siehst Du!" sagte sie triumphierend, „er wird schon steif und groß!"

„Ja!" sagte ich einsilbig, denn mein Herz klopfte wie wild, und ich genoss die Berührung von Heddas Hand. Und dann sagte ich:

„Und jetzt musst Du auch mit ihm spielen wie Deine Mutter."

Sie rieb an ihm ein bisschen hin und her. Dann fasste sie mein Skrotum an.

„Oh!" flüsterte sie, „was ist denn das?"

„Das haben Jungen so", dozierte ich, „das ist der Sack."

Sie kicherte und sah sich alles genau an. Dann stellte sie fest:

„So etwas Komisches haben wir Mädchen aber nicht."

„Was habt Ihr Mädchen denn da? Zeigst Du mir das auch?" bat ich sie.

„Ich weiß nicht?" zögerte sie.

„Das finde ich gemein! Du siehst bei mir auch alles und fasst es sogar an und spielst damit. Und ich darf bei Dir gar nichts!" beschwerte ich mich. „Du musst Deine Hose auch runterziehen und mir alles zeigen."

Sie schlug ihren Rock hoch und zog ihr Höschen bis zu den Knien hinunter.

„Da!" sagte sie und schlug den Rock sofort wieder herunter, so dass alles bedeckt war.

„Das finde ich gemein!" sagte ich und machte mich daran, ihren Rock wieder zu heben. Sie ließ es zu.

Ich traute meinen Augen nicht. Meine Kehle war ganz trocken. Ich bekam kein Wort heraus.

„Darf ich da auch einmal anfassen?" erkundigte ich mich.

„Ja, wenn Du willst?" antwortete Hedda, „aber nicht den Finger reinstecken!"

Ich berührte sie ganz zaghaft. Ich merkte, wie sich mein Penis weiter versteifte. Hedda merkte es auch. Wir spielten gegenseitig an uns herum. Dann sagte sie:

„Und nun spielen wir Mutter und Vater!"

„Ja, meinst Du, dass wir das können?" fragte ich.

„Ja sicher! Du musst Dich einfach auf mich drauf legen."

Es war ein wenig anstrengend, als ich mich in der engen Bude auf Hedda wälzte.

Als das schließlich vollbracht war, merkte ich, wie mein Penis auf ihrem Bauch lag. Das war zwar angenehm, aber insgesamt empfand ich das nicht als *besonders* schön.

„Du, weißt Du was?" sagte ich, „Ficken macht nicht so 'n großen Spaß. Anfassen macht mehr Spaß!"

„Ja, das finde ich auch", sagte Hedda, und ich legte mich wieder neben sie. „Vielleicht muss man dazu größer sein?" fügte sie unsicher hinzu.

Wir legten uns auf die Seite mit dem Gesicht zueinander und deckten uns zu. Hedda angelte nach meinem Steifen und ich angelte auch. Ja, nach was eigentlich angelte ich? Ich wusste es nicht. Deshalb fragte ich:

„Du, Hedda!"

„Ja?"

„Wie heißt das eigentlich, was ich jetzt anfasse?"

„Das ist meine Muschi", sagte sie so, als sei das das Bekannteste von der Welt. „Und wie heißt Deiner da unten?"

„Ich nenne ihn immer Piller", sagte ich etwas verschämt. „Wenn wir Jungens unter uns sind, dann sagen wir immer Pimmel. Aber das finde ich nicht so schön."

„Dein Piller fühlt sich schön an", stellte Hedda sachlich fest.

„Deine Muschi auch!" revanchierte ich mich.

Plötzlich wurde Hedda von ihrer Oma gerufen. Blitzschnell zogen wir uns die Hosen hoch und krabbelten aus unserer Bude. Damit hatte der Zauber vorerst ein Ende.

Während des Rests des Tages dachte ich ständig an Hedda und an unser Zusammensein in der Bude. Ein eigenartiges Kribbeln in der Beckengegend spürte ich, welches ich noch nie vorher gespürt hatte.

Als ich ins Bett ging, lag ich noch einige Zeit wach. Ich fasste an meinen Piller und massierte und rieb ihn, weil ich sehen wollte, ob er wieder groß würde. Tatsächlich, er wurde ganz steif, und je steifer er wurde, umso mehr spürte ich das Kribbeln. – Komisch!

Während ich noch mit meinem Piller spielte, schlief ich dann ein.

Ich wachte auf, und als erstes ging ich zum Fenster, um zu sehen, was für ein Wetter es war. Gott sei Dank! Es war schlechtes Wetter. Dann brauchte ich nicht an die frische Luft und konnte mit Hedda spielen. Hoffentlich hielt sich das schlechte Wetter bis zum Nachmittag!

Es hielt, und Hedda und ich trafen uns wieder in unserer Bude. Diesmal hatte ich eine kleine Taschenlampe mitgenommen. Ich wollte schließlich alles ganz genau sehen.

Zuerst kuschelten wir uns wieder aneinander und deckten uns zu.

„Du, Hedda", sagte ich ein wenig unsicher, „ich habe gestern noch lange nachgedacht über unsere Bude und was wir hier machen."

„Ich auch," erwiderte Hedda. „Wir dürfen keinem etwas davon erzählen. Das muss unser Geheimnis bleiben. Versprichst Du mir das?"

„Ehrensache!" sagte ich wie selbstverständlich. „Das ist unser Geheimnis, und das soll keiner wissen."

„Ja, dann können wir das nämlich öfter machen. Das macht doch Spaß, oder nicht? Sonst verbieten sie uns bestimmt, dass wir miteinander spielen!" sagte Hedda.

„Du, Hedda", begann ich erneut, „ich habe heute eine Taschenlampe mitgebracht. Dann können wir besser sehen, wie Deine Muschi und mein Piller aussehen."

„Das ist gut! Zeig mal!"

Hedda nahm mir die Taschenlampe weg und leuchtete mir direkt ins Gesicht.

„Hör auf, das blendet!" sagte ich.

Dann leuchtete Hedda direkt zwischen meine Beine und sagte bedauernd:

„Ach, Du hast ja noch eine Hose an. Da kann man ja gar nichts sehen!"

„Du ja auch!"

„Zieh Du Deine Hose zuerst runter!" sagte Hedda, Und dann, wenn ich alles gesehen habe, komme ich an die Reihe, ja?"

„Gut", sagte ich und zog meine Hosen runter bis an die Knöchel. Hedda leuchtete mit der Taschenlampe und sah sich alles aus der Nähe an. Wieder merkte ich dieses Kribbeln, welches sich in meinem Bauch breit machte.

„Darf ich ihn anfassen, damit er wieder steif wird?" fragte Hedda.

„Ja, das ist schön!" sagte ich und kam ihr mit meinem Becken etwas entgegen.

Sie massierte ihn und knetete ihn. Dann war er wieder steif, so dass er steil in die Luft stand, wie gestern.

„Soll ich Dir mal verraten, was meine Mutter und mein Vater an dem Abend noch gemacht haben?" fragte Hedda und tat geheimnisvoll.

„Haben die noch etwas gemacht außer ficken?" fragte ich ahnungslos. „Was denn, sag mal!"

„Nein, das traue ich mich nicht"

„Ach, Du bist gemein! Sag doch mal! Das erfährt doch niemand, das haben wir uns doch versprochen, nicht?"

„Nein, " sagte Hedda, „sagen kann ich das nicht. Aber soll ich es mal machen?"

„Ja, mach das mal!" sagte ich.

„Aber nicht lachen! Versprichst Du das?"

„Ja, ich verspreche es!"

Dann beugte sich Hedda über meinen Penis und nahm ihn in den Mund.

Ich wäre fast gestorben, so schön war das. So warm und so weich. Das Kribbeln wurde immer stärker. So etwas Schönes hatte ich noch nicht erlebt. Hedda sah auf und erkundigte sich:

„Ist das schön?"

„Oh ja, " sagte ich. „Bitte nicht aufhören! Mach weiter, ja?"

Hedda machte weiter. Das Kribbeln wurde immer schöner und immer stärker. Plötzlich wurde mir schwarz vor Augen und ich stöhnte, als würde ich sterben. Mir war auch so, als müsse ich sterben. Meine Sinne schwanden für einen Augenblick, und in meinem Kopf drehte sich alles.

Hedda hatte sich erschrocken. Sie dachte, es täte mir weh und hörte auf. Gott sei Dank, denn ich hätte das nicht länger ertragen, so schön war das. Langsam kam ich wieder zu mir, und das angenehme Kribbeln war einem wohligen Gefühl der Entspanntheit gewichen.

„Was war das?" fragte Hedda erschrocken. „Tat das weh?"

„Nein, im Gegenteil! Das war so schön, dass ich es nicht mehr aushalten konnte. Da war so ein schönes Kribbeln, ganz toll, und dann war es vorbei."

„Und deshalb hast Du so gestöhnt?"

„Ja", sagte ich, „weil es so schön war!"

„Mein Vater hat genau wie Du gestöhnt. Dann war das bestimmt auch schön für ihn. Und ich dachte, er hatte sich wehgetan."

Ich nahm Hedda die Taschenlampe weg und sagte:

„So, jetzt bin ich dran!"

Während ich das sagte, zog ich meine Hosen wieder hoch.

„Los!" sagte ich, zieh Deine Hose runter, ich möchte Deine Muschi auch ganz genau sehen."

„Du musst es dann genau wie mein Vater machen", sagte Hedda.

„Wieso? Was hat der denn gemacht?"

Der hat es mit meiner Mutter dann genau so gemacht."

„Wie, genauso?"

„Was war das? , fragte ich naiv.

„Das war genauso wie bei Dir, " sagte Hedda, „es hat ganz doll ge-kribbelt, und es war sehr schön!"

„Das macht Spaß! Wollen wir das noch einmal machen?" fragte ich.

„Nein, heute nicht", sagte Hedda, „ich muss jetzt nach Hause."

„Oh, schade!" sagte ich. „Kommst Du morgen wieder?"

„Ja, wenn schlechtes Wetter ist."

„Spielen wir dann wieder Mutter und Vater?"

„Ja! Aber Du darfst keinem etwas davon erzählen!"

„Das habe ich Dir doch schon versprochen!"

Hedda ging, und ich blieb noch eine Weile in der Bude. Ich steckte die Hand in meine Hose und spielte mit meinem Penis. Aber er wollte nicht steif werden, und das schöne Kribbeln kam auch nicht. Also krabbelte ich aus der Bude und packte meine Schulsachen für den nächsten Tag.

Ein paar Tage hatten wir schönes Wetter, und ich musste draußen spielen. Hedda kam erst gar nicht zum Spielen, denn sie wusste, dass wir nicht spielen konnten. Erst am Sonntag regnete es wieder. Schon um 10 Uhr kam Hedda und fragte, ob wir zusammen spielen wollten. Ich sagte natürlich sofort ja. Damit wir uns nicht verrieten, überlegten wir erst laut, was wir denn wohl spielen sollten. Vielleicht Mensch ärgere Dich nicht oder Halma. Aber ich tat so, als hätte ich dazu keine Lust. Dann schlug Hedda vor, wir könnten ja wieder in unserer Bude spielen. Damit war ich dann einverstanden.

Wir krochen in die Bude. Natürlich hatte ich die Taschenlampe wieder mitgenommen. Wir saßen uns gegenüber und waren ein wenig verlegen.

Ich brach nach einer Weile der Verlegenheit das Schweigen:

„Wollen wir wieder Vater und Mutter spielen?"

„Ja, aber wir müssen aufpassen, dass wir nicht erwischt werden."

„Wieso sollen wir denn erwischt werden?" wunderte ich mich.

„Letztes Mal hat meine Mutter so komische Fragen gestellt, als ich nach Hause gekommen bin."

„Was denn für komische Fragen?"

„Ja ebenso komische Fragen! Ich glaube, die weiß, was wir hier ma-chen."

„Das geht doch gar nicht! Ich habe es keinem erzählt. Du etwa?" fragte ich.

„Nein! Ich habe es auch niemandem erzählt. Aber meine Mutter weiß trotzdem etwas, " vermutete Hedda.

„Und was sollen wir da machen?" fragte ich.

„Wir müssen ganz leise sein. Und dann dürfen wir die Hosen nicht runterziehen, " sagte Hedda sachlich.

„Die Hosen nicht runterziehen? Dann können wir ja nichts sehen und auch nicht anfassen, wenn wir die Hosen hochgezogen lassen!" sagte ich voller Bedauern.

„Leuchte mal!" sagte Hedda schelmisch.

Ich leuchtete sie von oben bis unten an. Dann sah ich es, sie hatte unter ihrem Rock überhaupt kein Höschen an.

„Das habe ich in die Manteltasche gesteckt. Das Hochziehen der Hose geht hier in der Bude nämlich so schlecht. Und wenn einer kommt und in unsere Bude guckt, dann merkt er nachher noch was!"

„Das ist ja gerissen!" sagte ich bewundernd. „Aber was mache ich? Ich habe doch keinen Rock an, und das Hosehochziehen geht bei mir genau so schlecht wie bei Dir. Vielleicht sogar noch schlechter, weil ich ja zwei Hosen hochziehen muss."

„Du hast doch einen Schlitz in den Hosen. Da kannst Du Deinen ja rausholen!"

„Ja!" sagte ich, „das ist eine gute Idee!"

Ich öffnete meinen Hosenschlitz und zog meinen Penis heraus. Wieder setzte das Kribbeln ein. Hedda massierte ihn wieder und zog die Haut ganz nach unten und wieder ganz nach vorn. Schön war das.

Dann rief plötzlich meine Mutter: „Hedda und Otto, was macht Ihr da?"

Hedda und ich waren wie versteinert.

„Nichts!" antwortete ich ein wenig zaghaft, wie wenn ich ein schlechtes Gewissen hätte.

„Nichts?" fragte meine Mutter und kam zu unserer Bude. Ich versuchte schnell meinen Schlitz zuzumachen. Aber das war nicht einfach, weil mein Penis ein wenig steif war.

Meine Mutter steckte den Kopf in unsere Bude und sah, wie ich an meinem Hosenschlitz herum nestelte.

„Das macht man aber nicht, was Ihr da macht! Schämt Euch! - Ich glaube, es ist besser, wir bauen die Bude jetzt ab, und Ihr spielt was Vernünftiges, was alle Kinder spielen: Mensch ärgere Dich oder Halma oder das Hütchenspiel."

Dann löste meine Mutter mit ein paar Handgriffen unsere Bude auf, und damit hatte unser Vater-und-Mutter-Spiel ein Ende. Ein paar Mal spielten wir noch zusammen, dann hatte es keinen Reiz mehr, und Hedda kam nicht mehr.

***

Die allmählich fortschreitende Emanzipation – die Schulzeit

Einen ersten Hinweis auf den Beginn meiner Emanzipation habe ich ja schon in einem der vorigen Kapitel gegeben.

Auch ich wurde älter. Und je älter ich wurde, umso kritischer wurde ich den Aktionen meiner Mutter oder meiner Großmutter gegenüber. Und auch in der Schule wurde ich meinen Lehrern gegenüber kritischer. Ich gehorchte nicht nur nicht mehr ohne Wenn und Aber, sondern ich nahm bewusst wahr, dass auch meine Lehrer Schwächen hatten. Und die hinterließen bei mir einen Eindruck. Allerdings – und darin unterschied ich mich in der Schule von den meisten meiner Mitschüler – ich würdigte auch die Stärken mancher Lehrer. Die Stärken erwähnte ich durchaus zuweilen, die Schwächen allerdings deckte ich schonungslos auf, meistens jedenfalls. Und das, weil ich es gelernt hatte, denn sowohl zu Hause als auch in der Schule war bis dahin jede meiner Schwächen schonungslos breitgetreten worden. Ohne Rücksicht, Vorsicht oder gar Umsicht legte ich nicht nur stets den Finger in eine nach meiner Beurteilung existierende Wunde, sondern ich setzte mich mit dem Hintern hinein, damit es auch richtig weh tat. Allerdings stets unter dem Aushängeschild der Artigkeit, als könne ich kein Wässerchen trüben. Irgendwo hatte ich mal gelesen: Kritik trifft am schmerzhaftesten, wenn sie ohne Emotion und in einer unangreifbaren Form vorgebracht wird. Keineswegs pöbelhaft, sondern geschliffen formuliert, eröffnete ich meinem Klassenlehrer in der Oberstufe, dass ich ihn für eine totale pädagogische Niete hielte, was ihn natürlich überhaupt nicht erfreute. Ich glaube, es muss schlimm für ihn gewesen sein, dass er keine Chance auf Rache sehen konnte.

Richtig ist, diese Beurteilung der Qualifikation meines Klassenlehrers stand mir streng genommen nicht zu, und sie war sicher auch vorwiegend emotional und übertrieben! Sie hat sich mindestens insofern als der Sache nach als nicht ganz unberechtigt erwiesen, als er den Hilfeschrei in meinem Verhalten nicht bemerkt hat und mich nicht dort

abholen konnte, wo ich zu der Zeit stand. Vielleicht hatten wir das Pech, dass wir beide noch unreif waren!

Wieso ausgerechnet ich?

Es gibt schon viele Bücher, die auch von Schule handeln: Ernste, spaßige, wertvolle und weniger wertvolle. Und jetzt noch eines? – Ja! – Und ehrlich gesagt, ich weiß nicht, ob es ernst oder weniger ernst ist. Aber auf alle Fälle kann es zum Nachdenken anregen. Außerdem: Es muss einfach raus!

Wem das Herz voll ist, dem fließt der Mund über. So heißt es in einem Sprichwort. Mein Mund fließt über, und zwar so, dass ich es manchmal gar nicht stoppen kann. Wenn ich in dem Bild des Überfließens bliebe, müsste ich davon reden, dass ich mich ununterbrochen übergeben müsste. Weil es zum Kotzen ist? Nun, vieles *ist* zum Kotzen! Vieles ist auch amüsant, manches ist auch nur ärgerlich, und manches mag auch langweilig sein.

Wenn man sich übergibt, ist einem vorher übel. Nun, übel war mir oft in den vergangenen fünfundsechzig Jahren, obwohl ich meine verschiedenen Berufe im Rahmen von Schule die weitaus meiste Zeit geliebt habe, ohne dass mir übel war.

Aber der Reihe nach!

Wieso ich? – Wer bin ich, dass ich zuweilen erheblichen Ärger mit der Schule hatte und mir ein Urteil über Schule und alles, was damit zusammenhängt, erlauben werde? Um das zu erklären, muss ich in der Chronologie der Ereignisse ein wenig vorgreifen.

Ich bin ein Lebenslänglicher! – Nein! Keine Angst! Kein Verbrecher, sondern lebenslänglicher Beamter. Gymnasiallehrer. Genau genommen pensionierter Gymnasiallehrer. Ich habe die Fächer Mathematik und Sport studiert und das Studium mit zwei Staatsexamina abgeschlossen.

Alles, was ich hier über Schule sage, basiert auf einer über fünfundsechzigjährigen Schulerfahrung. Und trotzdem bitte ich meine Leser, alles mit einer notwendigen kritischen Distanz aufzunehmen. Vielleicht ist es ja auch so, dass gerade die Tatsache, dass ich angesichts einer so langen Erfahrung auch schon ganz schön alt sein muss, mein Urteil *dis-*

qualifiziert, statt es zu qualifizieren. Wir kennen alle die uralten und weniger uralten Sprüche: „Traue keinem über dreißig!" oder „Im Alter lassen alle Sinne nach, bis auf den Starrsinn!" – Wer weiß!

Die Einschulung

Nun, die Zeit des Sammelns meiner Erfahrung begann selbstverständlich wie bei allen Menschen unserer Republik während meiner eigenen Schulzeit. Im Gegensatz zu den meisten meiner Zeitgenossen beurteile ich diese Zeit natürlich nicht nur emotional, sondern auch kritisch auf dem Hintergrund meines Lehrerberufs.

Mir ging es wie fast allen kleinen Kindern, die kurz vor der Einschulung stehen: Ich konnte die Zeit bis zur Einschulung überhaupt nicht abwarten. Man hatte mir immer wieder auf meine Fragen, wann ich denn endlich in die Schule käme, gesagt: Wenn Du sechs Jahre alt bist. Und schließlich war ich im Begriff, sechs Jahre alt zu werden. Aber es war Anfang des Jahres 1945. Da wurde ich natürlich aus begreiflichen Gründen nicht eingeschult. (Für die ein oder zwei jüngeren Leser: 1945 war das Ende des Zweiten Weltkriegs! Und ich trage an dieser Stelle aus der Beschreibung meiner Kindheit nach, dass ich meine Eltern meine Eltern meinen Geburtstermin unter diesen Gesichtspunkten sicher nicht haben planen können!) Es gab im April 1945 keine Einschulung. Basta! Der einzige, der das nicht begreifen wollte und wohl auch nicht konnte, war offenbar ich. Es gab Tränen.

Wie bei allen kleinen Jungen versiegten diese Tränen natürlich wieder, und das Ereignis der Nichteinschulung hinterließ ganz bestimmt kein Kindheitstrauma, das mich im Laufe meines späteren Lebens nachhaltig belastet hätte.

Dann war es soweit: Am ersten November 1945 wurden alle Kinder eingeschult, die eigentlich zu Ostern 1945 hätten eingeschult werden müssen. (Den jüngeren Lesern sei gesagt: Das Schuljahr ging früher von Ostern bis Ostern eines Kalenderjahres.) Wieder leuchteten meine Augen. Ich war stolz wie ein Spanier (Ich möchte gern wissen, wieso man allen Mitgliedern dieser Nation diese Eigenschaft nachsagt.). Und dann kam das zweite Schultrauma, welches mich schon nachhaltiger traf als

das erste oben geschilderte: Zu Ostern 1946 kamen alle Schüler, die im November 1945 eingeschult worden waren, noch einmal in die erste Klasse. Wieder wurden wir Erstklässler gehänselt: „Erste Klasse – Nuckelflasche!" (Allen Ästeten der Kunst des Reimens sei gesagt: Uns reichte der nicht ganz saubere Reim völlig aus, um uns diskriminiert zu fühlen!)

Ich höre spätestens jetzt viele Menschen des späten zwanzigsten bzw. des beginnenden einundzwanzigsten Jahrhunderts geradezu aufstöhnen und sich beeilen, mich zu korrigieren: Schüler und Schülerinnen und Erstklässler und Erstklässlerinnen! – Nein und noch einmal nein! Ich gehöre, wie man unschwer aus dem bisher Gesagten erkennen kann, einer Generation an, die die maskuline Form für beide Geschlechter verwendet, wenn beide gemeinsam gemeint sind. Und ich halte daran auch fest, weil ich den Fluss der Sprache nicht durch solche aus einem meines Erachtens falschen Emanzipationsverständnis entstandenen Sprachungetüme wie „SchülerInnen" oder „Schüler/innen" hemmen will und weil ich der festen Überzeugung bin, dass es Wichtigeres im von mir sehr unterstützten Emanzipationsprozess der Frauen in Deutschland gibt.

Zurück zu meinem zweiten Schultrauma.

Ich war entsetzt, ich war beleidigt. Aber ich fand niemanden, der mein Entsetzen teilte, was mich noch mehr entsetzte und mich zum wiederholten Male an der Allmächtigkeit und der Allwissenheit der Erwachsenen meiner näheren Umgebung zweifeln ließ.

Aber im Endeffekt habe ich auch dieses Trauma ohne psychiatrische oder psychologische Behandlung und ohne nachhaltigen Schaden überlebt, obwohl ich mir im Nachhinein wünschte, meine Mutter (mein Vater ist im Zweiten Weltkrieg geblieben) wäre auf meine subjektiv außergewöhnlich missliche Lage eingegangen. Aber das war zu der Zeit allgemein und insbesondere in meiner Kinderstube nicht üblich.

Ein Blick voraus auf das Image der Schule

Keine Angst! Ich habe nicht vor, meine Erfahrungen aus meiner eigenen Schulzeit in epischer Breite zu erzählen. Vielleicht nur einige

Spotlights, die sich nahtlos in den Vorwurf, der sich wie ein roter Faden durch mein Geschreibsel zieht, einordnen:

Schule hat ein immer schlechter werdendes Image, und es zeichnet sich kein Hoffnungsschimmer ab, dass es in absehbarer Zeit etwa besser werden würde. Eher das Gegenteil ist der Fall.

Ich habe mich an verschiedenen Stellen meines späteren dienstlichen Lebens gefragt, hat Schule wirklich ein so schlechtes Image? Und wenn ja, wieso eigentlich? Dazu an dieser Stelle eine Beobachtung, die ich in meiner eigenen Familie gemacht habe:

Ich habe zwei Söhne, die altersmäßig etwa sieben Jahre auseinander liegen. Dem Ältesten ging es im Jahre 1967 wie mir im Jahre 1945: Er konnte die Zeit nicht abwarten, bis er zur Schule kam. Immer, wenn die Rede auf Schule kam, leuchteten seine Augen. Das hielt auch während des ersten Schulhalbjahres an. Dann ganz allmählich begann eine neue Phase, die interessant zu beobachten war: Immer wenn ihn jemand nach seiner Meinung zur Schule fragte, leuchteten seine Augen immer noch, aber sein Mund sagte etwas Abfälliges. Es bestand eine klassische Inkongruenz zwischen seiner Körpersprache und dem, was er verbal dazu absetzte. Und das lag daran, dass er durch die Reaktion von älteren Schülern und auch Erwachsenen gelernt hatte, dass es keineswegs in war (heute würde man cool sagen), Schule gut zu finden. Und das Schlimmste, was einem Schüler generell, aber erst recht einem Schüler der ersten Klasse passieren konnte, war, nicht in zu sein.

Sein jüngerer Bruder hatte, als er zur Schule kam, ein Problem: Natürlich freute auch er sich auf die Einschulung. Aber er war schon sieben Jahre lang durch die harte Schule seines Bruders gegangen und hatte trotz aller Freude auf die Schule sehr früh gelernt, dass Schule eben „Scheiße" zu sein hatte. So antwortete er stereotyp auf die Frage „Na, freust Du Dich auf die Schule?" mit dem mit leuchtenden Augen und allen körpersprachlichen Zeichen höchster freudiger Erwartung vorgetragenen: „Nee! Schule ist doch blöd!"

Das Abitur

Zurück zu meinen Erfahrungen während meiner eigenen Schulzeit.

Ich war in den ersten zehn Schuljahren ein guter Schüler, was im Nachhinein betrachtet verwunderlich ist. Wieso? – Nun, ich stamme aus einem Elternhaus aus dem Arbeitermilieu. Außer der Bibel und dem kirchlichen Gesangbuch gab es bei uns kein einziges Buch im Haus. Und die Bibel war auch nur zum Angucken da. Und insofern war es schon verwunderlich, dass ich – mindestens bis zur Klasse zehn – ein sehr guter Schüler war. Wahrscheinlich, weil ich das Gehorchen und das Funktionieren in meinem durch Gewalt geprägten Elternhaus gelernt hatte und weil die meisten meiner Lehrer ihren Unterricht ähnlich autoritär gestalteten und diesem Vorhaben zuweilen durch eine saftige Ohrfeige Nachdruck verliehen. Diese Sprache verstand ich.

Aber auch ich wurde älter. Und je älter ich wurde, umso weniger ließ ich mir in der Schule eine solche Behandlung gefallen.

Und dann kam es, das Abitur. In meinem Falle, wie sich herausstellen sollte, eine beabsichtigte Demonstration der Allmacht von Schule einem Schüler gegenüber und der selbst verursachten Ohnmacht der in dem System Schule beschäftigten Jasager, die man gemeinhin zuhauf unter den Lehrern findet!

Leistungsmäßig, soviel sei vorab gesagt, bestand für mich – jedenfalls hatte es damals und hätte es heute für mich den Anschein – nicht die Gefahr des Nichtbestehens. Aber dann kam der Deutschaufsatz in der schriftlichen Abiturprüfung. Ich wählte aus drei zur Auswahl gegebenen ein politisches Thema für eine Erörterung. Das genaue Thema habe ich vergessen. Ich weiß nur noch, dass es um nationalsozialistische Äußerungen im demokratischen Deutschland ging.

Der aktuelle Fall: Es gab irgendwo in der Bundesrepublik einen Studienrat mit Namen Zint, der angeblich, das jedenfalls ging durch alle Zeitungen und Zeitschriften, im Unterricht nationalsozialistische Äußerungen gemacht hatte und strafrechtlich verfolgt wurde.

Und nun stelle man sich vor: Im Jahre 1959 beurteilt dieses ein neunzehnjähriger Schüler aus einem Elternhaus, wie oben kurz beschrieben, und schreibt dem Sinne nach etwa: Zwar sei es inakzeptabel, wenn ein

Lehrer, der ja schließlich eine Vorbildfunktion habe, solche Äußerungen im Unterricht mache. Aber genauso inakzeptabel sei es, wenn ein solcher Einzelfall in den Medien einen solchen großen Raum einnähme, dass man den Eindruck gewinnen könnte, er sei der Totengräber der Demokratie.

Vielleicht erinnere ich den Leser an dieser Stelle noch einmal daran, dass ich in meinem späteren Leben auch Lehrer war. Und ich hatte auch Schüler im Abitur. Und auch diese Schüler waren 19 Jahre alt und vertraten zuweilen Ansichten, auch politische Ansichten, die mir persönlich nicht gefielen oder die kritikbedürftig waren. Ich habe mit solchen Schülern endlose Gespräche geführt, mich mit ihnen und ihren Ansichten auseinandergesetzt, um Ihnen zu zeigen, ich nehme sie ernst, und um sie bestenfalls zum Nachdenken anzuregen, aber auch um meine Ansicht dagegen zu setzen, vielleicht als eine Art Gegengewicht oder gar Maßstab.

Nichts von alledem passierte in meinem Fall. Und ich bekenne freimütig, im Abituraufsatz ging es mir nicht um eine Provokation. Dazu war mir das Abitur zu ernst, und ich hatte viel zu viel Angst vor ernsten Konsequenzen.

Etwa zwei Wochen nach der schriftlichen Prüfung – es lief ganz normaler Biologieunterricht – kam ein Schüler in den Unterricht und sagte dem unterrichtenden Lehrer: „Der Schüler B. soll zum Herrn Direktor kommen!"

Ich war wie vom Donner gerührt. Ich? Zum Herrn Direktor? Das konnte doch nicht sein!

Mein Biologielehrer, ein Paradebeispiel für einen Zyniker, aber wahrscheinlich konnte man diese Anstalt auch nicht anders ertragen, bemerkte meine Unsicherheit in der Körpersprache und nutzte sie als Steilvorlage für einen Gag auf meine Kosten: „Na, B., haben Sie die Tochter des Chefs geschwängert? Das macht man auch nicht, mindestens nicht die des eigenen Chefs!" Alles brüllte vor Lachen, nur einer nicht.

Ich ging die zwei Etagen hinunter zum Direktorzimmer, welches nur über das Sekretariat zu betreten war. Frau Sartorius, die Sekretärin, manchmal schien es mir, als sei sie der einzig nette Mensch mindestens auf dieser Etage, sah mich mitleidig an und sagte: „Atmen Sie man noch

ein paar Mal tief durch. Da drinnen braut sich was zusammen!" Dann ging sie zur Tür des Direktorzimmers und klopfte an, als wolle sie sich gleich für das Anklopfen entschuldigen. Von drinnen ertönte leise – es war ja schließlich eine Schallschutztür – das Gebrüll eines Fleischers, dem das Schlachtopfer kurz vor der Exekution weggelaufen war: „Ja, was ist denn!"

Es wäre falsch zu sagen, Frau Sartorius ging hinein. Sie kroch vielmehr unter der Tür hindurch, und ich hörte durch die angelehnte Tür, diesmal natürlich laut, weil der Schallschutz bei der nur angelehnten Tür natürlich nicht funktionierte: „Soll reinkommen!"

Ich folgte dieser freundlichen Einladung und betrat das Allerheiligste. Im ersten Augenblick hatte ich die Assoziation, als störte ich die Trauerfeier anlässlich einer Beerdigung. Der Schulleiter, Herr Dr. Schund, stand mit dem Rücken zu mir, an seinen überdimensionalen Schreibtisch gelehnt. Im Halbkreis, die Augen auf den Herrn Direktor gerichtet, standen mein Klassenlehrer, der zugleich mein Deutschlehrer war, der stellvertretende Schulleiter und der Korreferent der Abiturarbeit. Den Mienen dieser Herren nach zu urteilen, war mein erster Eindruck, nämlich der einer Beerdigung, nicht so ganz falsch.

Brav sagte ich bei meinem Eintritt „guten Morgen", bekam aber keine Antwort, was bei mir den Eindruck einer Beerdigung verfestigte: Vermutlich um den Verblichenen in seiner wohlverdienten Ruhe nicht zu stören! Dann beschlich mich die dunkle Ahnung, dass wenn hier einer beerdigt werden sollte, dann doch wohl ich. Ich lebte aber noch. Also: Offenbar keine Beerdigung, sondern vielleicht eine Hinrichtung?

Der Schulleiter drehte sich unvermittelt zu mir um und teilte mir in einer Lautstärke, die die Schallschutztür zum Selbstmord wegen Versagens hätte veranlassen können, mit:

„Sie haben im Abituraufsatz eine staatsgefährdende Aussage geschrieben!"

Und ohne eine Pause fügte er in der gleichen Lautstärke die Aufforderung hinzu:

„Nehmen sie die sofort zurück!"

Ich hatte den Eindruck, dass es nach dieser kurzen Ansprache in dem Zimmer noch leiser als leise war. Vermutlich hatte der Herr Direktor den

gleichen Eindruck, denn er beeilte sich, die unerträgliche Stille durch die Wiederholung der Aufforderung zu unterbrechen. Eigentlich hatte ich gedacht, dass die Lautstärke der ersten zwei Sätze nicht zu überbieten gewesen wäre. Aber da hatte ich mich gehörig getäuscht.

Und wieder war es still, totenstill.

Ich räusperte mich, denn es hatte mir buchstäblich die Sprache verschlagen. Nach erneutem Räuspern, hörte ich mich eher stammeln als reden:

„Ich – also – ich bin – also – es muss sich um ein Missverständnis handeln – also – ich mache doch so etwas nicht – ich habe so etwas nicht geschrieben."

Mit einer Handbewegung schnitt mir der Herr Direktor das Wort ab. Entweder hatte es ihm angesichts der Ungeheuerlichkeit eines, wenn auch zaghaften, Widerspruchs auch die Sprache verschlagen, oder er hatte sich bei seiner Ansprache lautstärke- oder kräftemäßig übernommen, denn er deutete seinem Vertreter nur durch eine außerordentlich ungehaltene Geste an, er solle ihm gefälligst die auf dem Schreibtisch liegenden Papiere geben, was dieser natürlich eilfertig tat.

Zunächst einmal sah er auf die erste Seite, um nach dem dort stehenden Namen zu sehen. Das schien ihn zu befriedigen, denn offenbar stand dort mein Name. Dann blätterte er die Papiere wieder auf und suchte mühsam die entscheidende Stelle. Er sagte, und dieses Mal klang es gefährlich leise, und man merkte ihm die Befriedigung eines Jägers an, dem das Wild nicht mehr entspringen konnte:

„Ich zitiere."

Und dann zitierte er. Und als er zitiert hatte, knüpfte er in Bezug auf die Lautstärke an seine Begrüßung an:

„Nehmen sie das sofort zurück, sonst machen Sie kein Abitur, so wahr ich hier stehe!"

Richtig! Er stand. Alle standen. Einen Augenblick ging mir durch den Kopf, jetzt müsste doch eigentlich mein Klassenlehrer etwas sagen, vielleicht „das hat der Otto nicht so gemeint" oder „das ist doch überhaupt nicht staatsgefährdend" oder etwas Ähnliches. Aber dann fiel es mir wie Schuppen von den Augen: Die drei Marionetten hinter dem Schreibtisch kannten den Text ja längst und hatten sich dem Urteil des

Herrn Direktor längst vorher angeschlossen gehabt. Ja, möglicherweise war sogar einer von ihnen selbst auf die Idee gekommen, das sei eine staatsgefährdende Aussage! Kurzum: Mir war schlagartig klar, Ich hatte keine Chance auf Hilfe. Das ärgerte mich trotz der Hinrichtungsatmosphäre ganz erheblich. In meinem Kopf überschlugen sich die Gedanken: Wenn ich mit dieser Geschichte nach Hause käme, dann ... Keine Hilfe! – Wenn ich jetzt eine Pistole hätte ... Auch keine Hilfe! – Offenbar dauerte es dem Herrn Direktor zu lange, bis ich seinen Befehl, meinen verbalen terroristischen Staatsstreich zurückzunehmen, ausführte. Denn, was nun wirklich nicht zu vermuten gewesen wäre, er steigerte noch einmal die Lautstärke und schrie erneut:

„Nehmen sie das sofort zurück, sonst machen Sie kein Abitur, so wahr ich hier stehe!"

Ich kann nicht sagen, dass ich allmählich begann, die Situation zu begreifen. Weit gefehlt! Aber meine Wut über diese Behandlung und meine Wut über meine offensichtliche Hilflosigkeit hatte so zugenommen, dass sich meine Angst dazu etwa umgekehrt proportional verhielt. Noch einmal etwas gröber für Nichtmathematiker: Je wütender ich wurde, desto mehr trat meine Angst in den Hintergrund. So hörte ich mich sagen:

„Herr Direktor! Ich bin 1939 geboren. Ich habe nur das Ende des Nationalsozialismus und das auch nur als kleines Kind erlebt. Sie haben in dieser Hinsicht die weitaus größere Erfahrung. Und deshalb möchte ich mich von Ihnen nicht überreden lassen, sondern überzeugen."

Und während ich mich das sagen hörte, hörte ich eine innere Stimme immer lauter werden, die sagte:

„Du Idiot! Mach es nicht schlimmer, als es ohnehin schon ist! Hör auf! Stopp!"

Und je lauter diese innere Stimme wurde, desto trotziger wurde meine für alle hörbare Stimme, so dass ich noch anfügte:

„Das müssen Sie verstehen, Herr Direktor!"

Aber dieses Anhängsel wurde von ihm gar nicht mehr gehört, geschweige denn verstanden oder gar beherzigt. Er übertraf alle bisherigen Lautstärkerekorde und lief im Gesicht puterrot an, so dass ein

niedergelassener Allgemeinmediziner guter Hoffnung auf einen satten Verdienst hätte sein können:

„Hinaus!"

Eine gewisse Ähnlichkeit mit dem Engel Gabriel, als er Adam und Eva aus dem Paradies hinauswarf, war ihm nicht abzusprechen. Nur die Sache mit dem Paradies stimmte nicht. Ich war froh, das Schafott verlassen zu dürfen und beeilte mich, dem Ort des Grauens den Rücken zu kehren. Die Hinrichtung war, wie es den Anschein hatte, vorerst unterbrochen. Ich zitterte am ganzen Körper. Gott sei Dank erkannte Frau Sartorius meinen Zustand und stellte mir keine Frage, sondern sie legte mir nur die flache Hand auf die Schulter. Ich genoss diese Geste sehr. Ich empfand sie als heilend auf meiner von Herrn Dr. Schund geschundenen Seele. In dem Moment wäre ich geneigt gewesen, sie vom nettesten Menschen dieser Etage zum nettesten Menschen der Welt zu befördern. Was eine beruhigende Hand auf der Schulter doch ausmachen kann! Dabei war und bin ich ziemlich sicher, dass die Schulter keineswegs der Sitz der Seele eines Menschen ist.

Und dann stand ich da, ich armer Tor. Mutterseelenallein auf dem ungemütlichen Flur des Hinrichtungsgebäudes. Ich war der Hinrichtung entgangen, aber wahrscheinlich nur für kurze Zeit. Kein endgültiges Gottesurteil!

Ich rannte zur Toilette, schloss mich in eine der unwirtlichen Kabinen ein, und begann, hemmungslos zu schluchzen.

Natürlich konnte ich danach nicht mehr in den Unterricht gehen, ohne mich dem Gespött meiner Mitschüler auszusetzen. Denn für einen Jungen meines Alters war es zur damaligen Zeit ausgeschlossen zu weinen. Ein Junge oder gar ein Mann weint nicht! Und man sah mir an, dass ich geweint hatte.

Nach Hause konnte ich auch nicht gehen. Es war zu früh für einen regulären Schulschluss. Ich musste die restliche Schulzeit spazierengehender Weise verbringen. So konnte ich ja vielleicht auch ein wenig Ordnung in meine Gedanken bringen. Meine größte Angst war, dass die Schule einen Brief an meine Mutter schickte. Zum Glück hatten wir kein Telefon. Meine stille Hoffnung bestand darin, dass die Henkersknechte um Dr. Schund zu faul wären, einen Brief zu formulieren.

Ich kann es vorwegnehmen: Wenigstens diese Hoffnung blieb nicht unerfüllt.

Mir war klar, dass die eigentliche Hinrichtung noch kommen musste. Aber ich durfte auf keinen Fall jemandem davon erzählen! – Niemandem!

Es ist mir heute noch unklar, wie ich das allein ausgehalten habe!

Dass ich bis zum mündlichen Abitur nichts über meine staatsgefährdende Äußerung hörte, machte mich nur nervöser, als dass es mich beruhigt hätte. Dann kam der Tag der mündlichen Prüfung. Für mich ein denkwürdiger Tag, den ich wohl nicht wieder vergessen werde!

Um neun Uhr morgens musste unsere gesamte Klasse erscheinen, im dunklen möglichst schwarzen Anzug, weißem Hemd und silbergrauer Krawatte. Wir wurden in den großen Zeichensaal geführt. Dort stand uns frontal gegenüber das gesamte Lehrerkollegium in schwarzen Anzügen und mit ernsten Gesichtern. Der Schulleiter gab uns die Noten der schriftlichen Arbeiten bekannt und in welchen Fächern wir mündlich geprüft würden. Meine Aufsatzzensur, aber das war mir schon vorher klar gewesen, war mangelhaft. Ohne eine Miene zu verziehen, sagte der Schulleiter mit einer geradezu überschwänglichen Freundlichkeit:

„Herrn B. prüfen wir heute Morgen erst einmal in Deutsch. Und dann werden wir uns noch das eine oder andere Fach für eine mündliche Prüfung ausdenken."

Aha! Nun kam also der zweite Teil der Hinrichtungsveranstaltung, diesmal mit Publikum! Ich war der einzige, der nicht wusste, in welchen Fächern er geprüft wurde und wann die Prüfung zu Ende war. Und das trug ganz bestimmt nicht zu meiner Beruhigung bei.

Da ich der vierte Prüfling war, kannte ich aus Erzählungen meiner Vorgänger das Procedere. Man wurde hereingerufen, konnte aus drei verschlossenen Umschlägen das Prüfungsthema wählen. Niemand wusste, ob in allen drei Umschlägen dasselbe Thema war! Dann ging man nebenan in den Vorbereitungsraum, um das Thema etwa 20 bis 30 Minuten lang zu bearbeiten. Im Anschluss daran wurde man vom Fachlehrer geprüft. Und wie durch ein Wunder war das Thema immer aus einem der Gebiete, die man vorher angegeben und auf die man sich vorbereitet hatte.

Das war bei den anderen so. Bei mir natürlich nicht. Als ich den Raum betrat, sagte der Schulleiter zu meinem Klassenlehrer:

„Herr Kollege, diese Prüfung übernehme ich."

Eine Antwort erwartete er nicht, schon gar nicht etwa eine abschlägige! Ich glaube auch nicht, dass mein Klassenlehrer auch nur einen Bruchteil einer Sekunde einen Gedanken daran verschwendete, dem Herrn Direktor zu widersprechen. Dieser sah mich lächelnd und geradezu väterlich freundlich an und sagte:

„Sie haben in Ihrem Abituraufsatz eine staatsgefährdende Aussage geschrieben. Nehmen Sie die jetzt zurück? Ja oder nein!"

Ich antwortete stockend:

„Ich habe – also – das war doch ..."

„Ja – oder – nein?"

„Ja, aber ich ..."

„Ja – – oder – – nein?"

Ich sammelte all meinen Mut für diese Antwort und musste zugleich aufpassen, dass ich nicht zu mutig wurde, um Schlimmeres nicht geschehen zu lassen.

„Nein!"

„Nein?"

„Nein!"

„Ach, dann nehmen Sie doch bitte dieses Thema!"

Er griff in die Brusttasche seiner Jacke und übergab mir ein Blatt Papier. Ich entfaltete dieses in der Hoffnung, dass ich ein Thema bekäme, auf das ich mich vorbereitet hatte. Und ich hatte mich gut vorbereitet! Auf (damals!) moderne Schriftsteller: Böll, Dürrenmatt, Williams, Sartre, ... Als ich das Blatt entfaltet hatte, stand auf ihm irgendein Thema zu Kleists Prinz von Homburg. Und darauf hatte ich mich nun nicht vorbereitet. Gelesen hatte ich den Prinzen von Homburg, aber in der elften Klasse, und das war lange her.

Nur jetzt nicht schlapp machen! – Nur jetzt nicht schlapp machen!

Ich drehte mich auf dem Absatz um, und wollte scheinbar unbeeindruckt in den Vorbereitungsraum gehen.

„Halt!"

Die Stimme des Herrn und Gebieters ließ mir das Blut in den Adern gefrieren.

„Dieses Thema ist so einfach. Das können Sie doch extemporieren, da brauchen Sie doch keine Vorbereitung. – Ha, ha, ha!"

Er drehte sich Beifall heischend zu seinen Claqueuren, dem Kollegium, um.

Diese Situation ist mir später öfter durch den Kopf gegangen, als ich Lehrer war, und noch später, als ich selbst Schulleiter war. Unglaublich! Zynisch! Menschenverachtend! Und keiner der offenbar als Makulatur anwesenden Kollegen bot dem grausamen Spiel Einhalt! – Das wäre mir nicht passiert!

War so Schule? – Ist so Schule? – Das kann doch nicht sein!

Immerhin ist das jetzt über 50 Jahre her!

Nun, die Dinge nahmen ihren Lauf: Was sollte ich mit meinen 19 fast 20 Lenzen und bei meiner häuslichen Erziehung machen? Außerdem war mein Kontingent an Mut längst für das „Nein!" erschöpft. Ich fügte mich also und extemporierte, so gut ich konnte. Oder sollte ich besser sagen, so schlecht ich konnte? Um es kurz zu machen: Das kam auf dasselbe heraus. Die Prüfung wurde mit ungenügend bewertet.

Einen Versuch der Rettung unternahm ich noch während der Prüfung:

„Ich möchte das mit Sartre vergleichen, der sagt..."

„Nein!" unterbrach mich die schneidende Stimme des Herrn Direktors, „was Sartre zu dem Thema meint, interessiert uns überhaupt nicht. Aber wenn Sie schon ausweichen wollen, dann sagen Sie uns doch, was sagt denn Karl Moooor dazu?"

Er sprach das Doppel-O von „Karl Moor" (oder schreibt ihn Schiller mit „oh"?) in seinem Dialekt ganz lang und ganz offen, wie bei dem englischen Wort „board", so dass ich nicht verstand, wen er meinte, zumal ich, weil ich ja einen *Schriftsteller*, nämlich Sartre, zitieren wollte, unter dem Namen Moooor nach einem *Schriftsteller* suchte, der so heißen konnte. Deshalb sagte ich nach einem Augenblick des Suchens:

„Karl Moooor? Den kenne ich nicht."

Das ganze Kollegium brüllte vor Lachen! Und der Prüfer sagte, mit einem Lächeln seinem Publikum zugewandt, mit übertriebener Freundlichkeit:

„Ach, den kennen Sie nicht? Das ist aber schade!"

Wieder brüllendes Gelächter!

„Ach, Sie meinen Karl Moor aus Schillers Räubern! Den kenne ich!"

Inzwischen schlugen sich einige Lehrer gegenseitig vor Lachen auf die Schenkel. Dann kam der Todesstoß für mich:

„Ach den kennen Sie? Das ist ja großartig!"

Noch jahrelang sprach man von dieser Deutschprüfung. Ich glaube nicht, dass sich jemand aus dem Lehrerkollegium dafür geschämt hat.

Der gleiche Dr. Schund brachte es fertig, die ganze Schülerschaft, nur Jungen, in der Aula zu versammeln und mit dem Finger auf zwei Jungen in der ersten Reihe zu zeigen, sie anzuprangern und vor der ganzen Schule bloßzustellen. Warum? Ein Lehrer hatte sie im Schullandheim beim Onanieren erwischt. Ich schäme mich heute noch, dass ich nicht aufgestanden bin und gesagt habe: „Ich habe das auch getan, bin bloß nicht erwischt worden." Aber dazu fehlte mir der Mut.

Der gleiche Dr. Schund brachte es fertig, einen Schüler der Klasse 12 vor versammelter Schülerschaft in einer diskriminierenden Ansprache der Schule zu verweisen, weil er Vater wurde. Auch das hätte mir in der Klasse 12 passieren können. Aber auch da fehlte mir der Mut, mich zu stellen.

Was waren das für Zustände! Und bitte, noch einmal zur Erinnerung: Das war nicht etwa zur Zeit Bismarcks oder im Dreißigjährigen Krieg, nein, das war Ende der fünfziger Jahre des zwanzigsten Jahrhunderts!

Nun, ich bestand mein Abitur. Offenbar war es aufgrund meiner vorherigen Leistungen nicht möglich, mich durchfallen zu lassen, oder es gab doch noch jemanden, der hinter den Kulissen ein gutes Wort für mich eingelegt hatte? Zwar schmorte ich den ganzen Tag, aber letztlich bin ich in keinem anderen Fach geprüft worden.

Ein kurzer Rückblick

In der Oberstufe war ich ein Einzelkämpfer. Freunde hatte ich nur wenige. Im häuslichen Umfeld eigentlich auch keinen! Das lag sicher auch daran, dass es in der Gegend, in der wir lebten, wenige Gymnasialschüler gab.

Bemerkenswert aber doch war die Duplizität der Ereignisse! Das hatten wir schon einmal bei der Beschreibung jenes anderen Otto, etwa drei Jahrzehnte früher. Allerdings gab es Unterschiede: Ich setzte die Prioritäten anders. Ich war zum Beispiel auch Torwart einer ersten Herrenmannschaft. Aber mir wäre nie eingefallen, den Platz wegen einer Schiedsrichterentscheidung zu verlassen. Im Sportverein hatte ich viele Freunde. Dort war in jeder freien Minute mein eigentliches Zuhause. – Ich sagte es schon einmal. – Und das genoss ich, und ich pflegte es. Und das war vermutlich auch gut so. So hat dort vielleicht ein bisschen von der Erziehung und Zuwendung stattgefunden, für die zu Hause kein Raum war.

Das Abitur bestand ich, wenn auch nach der schmerzlichen Überwindung des einen oder anderen Hindernisses, welches mir von dem Schulleiter, Herrn Dr. Schund, in den Weg gelegt worden war.

Das war sie, die Schulzeit des Jungen von nebenan. Der zweite aus der Linie väterlicherseits, der ein Gymnasium besucht und erfolgreich beendet hatte. In der mütterlichen Linie der erste.

Was ich damals selbst noch nicht wusste, was aber insgesamt für mich außerordentlich wichtig war: Durch den vermeintlich `liebevollen` Umgang meiner Ursprungsfamilie mit mir einerseits (wer sein Kind liebt, der züchtiget es!) und durch die Überwindung jener oben nur kurz angedeuteten von Herrn Dr. Schund inszenierten Hindernisse andererseits hatte meine emanzipatorische Entwicklung immer neue wertvolle Impulse bekommen, eine Entwicklung vom Jasager, der vor jeglicher Gewalt zurückweicht, zum kritischen Demokraten, der sich nicht einmal mit den üblichen drei Universalgesetzen des täglichen Lebens abspeisen

lässt, die man gemeinhin einem Briten namens Parkinson zuschreibt und die da heißen:

1. Das haben wir immer so gemacht.
2. Da könnte ja jeder kommen!
3. Das wäre ja noch schöner!

Trotzdem kann ich mich nicht aufraffen, meiner Ursprungsfamilie und Herrn Dr. Schund dafür dankbar zu sein.

Was mir heute noch weh tut, ist der folgende Sachverhalt:

Die absolute Unbrauchbarkeit dieser auf mich angewendeten Erziehungsprinzipien habe ich leider erst sehr spät erkannt, so dass ich in Ermanglung der Kenntnis besserer einige davon auch meinem ältesten Sohn angetan habe.

Ich bin davon überzeugt, dass ich dafür nicht oft genug um Entschuldigung bitten kann.

***

Die Berufsentscheidung und der etwas holprige Studienbeginn

Ich hatte nach dem bestandenen Abitur das Gefühl, einen Lebensabschnitt abgeschlossen zu haben. Ich sah mich im Begriff, in eine höhere Liga aufzusteigen, eine Liga, in der keiner meiner Vorfahren oder lebenden Verwandten jemals gespielt hatte, um deren Existenz ich mich bisher niemals gekümmert hatte und die mir gänzlich fremd war: Die Liga der akademischen Berufe. Ich musste mich für einen Beruf entscheiden, mich für einen Studienplatz bewerben.

Ich erinnerte mich an die Ratschläge meiner Großmutter, die sie mir als kleinem Jungen erteilt hatte. Sie, die Hauswirtin, legte damals ihre überdimensionale Brust auf die Fensterbank ihres Küchenfensters und wies mich an, ebenfalls aus dem Fenster zu sehen. Aus dem Küchenfenster sah man direkt auf die Endstation der Straßenbahn. Meine Großmutter lenkte mein Augenmerk auf die vielen Menschen, die in Arbeitsanzügen gesenkten Hauptes ihre müden Körper zur Ex, dem Zweigwerk der Continental, schleppten, und verband diesen Anschauungsunterricht mit der Aufforderung: „Junge, eck segge deck, lehre inne Schaule! – Dat deck dat moal bäter gait!" Ich wage eine Übersetzung ins Hochdeutsche: „Junge, ich sage Dir: Lern fleißig in der Schule, dass es Dir mal besser geht!" Dann lenkte sie meinen Blick auf einen Mann, der an der Haltestelle wartete, um mit der Straßenbahn in die Stadt zu fahren. „Junge, kiek deck düssen Kierel an! Dä hat wat elehrt. Kiek, dä hat'n schnieken Anzuch an und schnippt mitte Handschau inne Hänne as'n feinen Pinkel. Dä hat wat elehrt, dä sit up'n Rathiuse un srift!" Auch hier die Übersetzung: „Junge, nun sie Dir diesen Kerl an! Der hat etwas gelernt. Sieh mal, wie der seine Handschuhe in die Hände schlägt, wie ein feiner Herr. Der hat etwas gelernt, der sitzt im Rathaus und schreibt!"

Im Rathaus zu sitzen und zu schreiben, das war das Ziel aller Wünsche meiner Großmutter, der Inbegriff aller Gelehrsamkeit.

Ich hatte keine Ahnung, was ich machen sollte. Natürlich hatte ich mich mit dem einen oder anderen Klassenkameraden schon einmal darüber unterhalten. Auch im letzten Schuljahr vor dem Abitur sprachen wir

im Unterricht darüber. Ich erinnere mich noch ganz genau, als einer meiner Lehrer – vermutlich hatte er seinen Unterricht nicht ordentlich vorbereitet – uns Schüler bat, unseren Berufswunsch einmal zu nennen. Er wolle dann dazu einen Kommentar abgeben. Welche Motivation ich hatte, weiß ich nicht, aber es zog mich unwiderstehlich zu dem Beruf hin. Ich sagte „Arzt". Sein Kommentar: „Warum wollen Sie denn Arzt werden, Otto? Sie sind doch intelligent, Sie könnten doch ohne Schwierigkeiten ein Philologie Studium schaffen. Werden Sie doch lieber Gymnasiallehrer!"

Heute erscheint einem eine solche Aussage wie nicht ernst gemeint, weil das Image des Arztberufs im Laufe der letzten fünfzig Jahre erheblich gestiegen und das des Lehrerberufs erheblich gefallen ist. Damals war das eine realistische Beschreibung. Und angesichts der Unterschiede im Schwierigkeitsgrad der beiden Studiengänge würde ich es heute immer noch so beurteilen.

Irgendwie spukte es in meinem Kopf umher: Du musst Arzt werden. Aber die Mutter meiner späteren Söhne, mit der ich zur damaligen Zeit schon liiert war, hatte es nicht gern, dass ich Medizin studierte. Weniger der Medizin wegen, als vielmehr deshalb, weil das zur damaligen Zeit nur mindestens hundert Kilometer entfernt hätte möglich sein können. Und eine solche Entfernung galt für damalige Verhältnisse als nahezu unüberwindbar. Ich besaß zwar einen Führerschein, aber der Besitz eines Autos erschien mir utopisch.

Ich erinnerte mich also an den bereits zitierten Lehrer von mir und meldete mich für ein Studium des höheren Lehramts an, welches an meinem Heimatort möglich war. Ich redete mir ein, es sei eigentlich meine Pflicht, Lehrer zu werden, denn um meine harsche Kritik an meinen Lehrern quasi im Nachhinein zu rechtfertigen, musste ich ihnen doch zeigen, dass ich es besser konnte. Dabei verdrängte ich den Gedanken, dass es natürlich unverhältnismäßig einfach war, etwas besser zu machen als das, was nach meiner Beurteilung bis auf wenige Ausnahmen die Note ungenügend verdient hatte, um mich nicht bereits im Vorhinein um meinen Erfolg zu bringen.

Ich erwähnte oben schon einmal, dass ich einen Führerschein besaß, aber kein Auto. Zweimal hatte ich nach dem Bestehen der Führerscheinprüfung die Gelegenheit gehabt, Auto zu fahren. Beide Male hatte mir das großen Spaß bereitet. Und in mir wuchs ganz allmählich die Sehnsucht, ein Auto zu besitzen. Natürlich war das aussichtslos. Aber wenigstens wollte ich jede Gelegenheit ausnutzen, ein Auto zu fahren.

Schon sehr schnell ergab sich eine dritte Gelegenheit, und das kam so:

Wir feierten unser Abitur mehrere Tage lang, und zwar mit unterschiedlich großen Mengen Bier. So war es auch an diesem denkwürdigen Tag etwa zwei Wochen nach dem Abitur. Irgendwann am frühen Abend, hing mein Klassenkamerad D. in den Seilen. Mit anderen Worten, er war total betrunken, so dass ihm weder seine Zunge noch seine Extremitäten gehorchen wollten. Wenn man seine nahezu unartikulierten Laute mit dem Geschick eines Dechiffrierers im Zweiten Weltkrieg zusammensetzte, konnte man einen zusammenhängen Text etwa folgenden Inhalts daraus machen: 'Ich habe meinen neuen Volkswagen dabei, und ich bin besoffen. Wenn ich den nicht heil nach Hause bringe, schlägt mein Alter mich tot. '

Da war sie, meine Chance. Kurz ging ich mit mir sehr wohlwollend ins Gericht, wie viel ich getrunken hatte, und prüfte insgeheim mein Reaktionsvermögen. Beides hielt den absolut nicht objektiven Kriterien meiner Überprüfung stand, und ich kam zu dem Schluss, meinem Klassenkameraden D. aus reiner Nächstenliebe anzubieten: 'Ich fahre Dich nach Hause!' Ich kann mir vorstellen, dass ich von dem prüfenden Blick des Klassenkameraden nichts zu befürchten hatte, denn gemessen an seinem Istzustand und der Differenz zu meinem Istzustand, lag ich ganz dicht bei der Beurteilung 'nüchtern'. Er war einverstanden. Also setzten wir uns ins Auto. Meinen Kameraden D. setzten wir auf die hintere Sitzbank, mein Klassenkamerad H. setzte sich auf den Beifahrersitz.

An einer Fußgängerampel, ein Novum in Hannover zur damaligen Zeit, hielt ich hinter einem VW-Bully und wartete auf Grün. In dem Hochgefühl eines Kapitäns der Straße spielte ich schon einmal mit Kupplung und Gas, wie man das vielleicht in schlechten Filmen aus dem wilden Westen sah. Ich merkte plötzlich, dass das Kupplungspedal am

Boden blieb, weil irgendetwas klemmte. Während ich mich noch über diesen Defekt wunderte und weiter versuchte, das Kupplungspedal durch mehrfaches Treten zum ordentlichen Funktionieren zu bewegen, schnippte es unerwartet hoch, und das Unvermeidliche geschah: Der Wagen machte einen zwei Meter langen `Sprung` geradewegs in den vor mir stehenden Bully hinein, weil ich – unerfahren, wie ich war – den ersten Gang eingelegt hatte. – Ein Desaster! Nicht nur `mein` Auto war kaputt, auch der Bully. Schlimmer noch, auch die Ladung des Bully, ein Gerät, welches als Symbol des Wohlstandes jener Zeit galt: Eine Fernsehtruhe. Kurzum: Ein Schaden von circa dreitausend Mark. Selbstverständlich kam die Polizei, die natürlich sofort bemerkte, dass es aus dem Auto nach Alkohol roch. Als der Schaden aufgenommen worden war, bat mich einer der Polizisten, ich solle den Wagen an die Straßenseite fahren. Das ging jedoch nicht, weil das Kupplungspedal wieder klemmte. Da ich das schon der Polizei als Unfallursache genannt hatte, machte ich den Polizisten noch einmal darauf aufmerksam. Er setzte sich selbst in den Wagen. Auch er konnte das Pedal nicht bewegen. Also wurde der Wagen von uns an die Seite *geschoben*.

Meine Blutprobe, die mir entnommen werden musste, ergab einen Wert von 1,18 Promille. Nach einer Formel, deren Berechtigung mir bis heute verschlossen blieb, wurde der Wert auf 1,42 Promille hochgerechnet. Der Grenzwert zur Fahruntüchtigkeit lag damals bei 1,5 Promille. Ich hatte jedoch einen Unfall verursacht. Deshalb gab es eine Gerichtsverhandlung. Aber mir konnte ja nichts passieren. Ich hatte ja einen todsicheren Zeugen, den Polizisten, dass nicht der Grad meiner Trunkenheit, sondern ein technischer Defekt Ursache meines Unfalls war. Allerdings hatte ich die Rechnung ohne den Wirt gemacht, Pardon, ohne den Polizisten: Mein todsicherer Zeuge konnte sich nicht daran erinnern, dass er das Klemmen des Pedals am Ort des Unfalls gesehen hatte. Und um die Wahrheit seiner Aussage zu bekräftigen, sagte er: `Es kann gar nicht sein, dass es sich so zugetragen hat, wie der Angeklagte beschreibt, denn niemals hätte ich den Angeklagten gebeten, sich ins Auto zu setzen und den Wagen an die Seite zu fahren, wo ich doch wusste, dass er getrunken hatte. Einen solchen groben Fehler mache ich nicht.` Die Polizei, Dein Freund und Helfer! Daher wehte der Wind also. Ich musste

also quasi über die Klinge springen, damit der Fehler des Herrn Polizisten ausgebügelt werden konnte. Ich war außer mir. Ich saß in der Scheiße. Nicht nur, dass es einen Schaden von dreitausend Mark gab, dessen Begleichung vermutlich auf mich zukam, ich gab auch meinen Führerschein für ein halbes Jahr ab und ich ging an drei Wochenenden in den Knast: Jugendarrest, eine sehr fragwürdige `Erziehungsmaßnahme` an auffällig gewordenen Jugendlichen! Doch davon später mehr! Heute betrachte ich diese Begebenheit rückblickend als heilsame Lehre!

Mein Freund D., dem der Volkswagen gehörte, hatte seinem Vater nun doch beichten müssen, was passiert war. Offenbar hatte dieser es entgegen seiner Prophezeiung nicht über das Herz gebracht, seinen einzigen Sohn totzuschlagen, denn er lebte ja noch, als der ehrenwerte Herr D. uns kurz nach der Gerichtsverhandlung in sein Büro bestellte. Und was dort geschah, war eine zweite bedeutsame Lehre, die ich langfristig aus dem Fall ziehen konnte.

Mein Freund D. und ich wollten auf das Gelände des mittelgroßen Betriebes des Herrn D. gehen, kamen aber am Pförtner nicht vorbei. Dort sagten wir unser Verslein auf, wir hätten einen Termin bei Herrn D.. Er informierte sich telefonisch, dann erhielten wir die Erlaubnis zum Eintreten. Als wir schließlich das Verwaltungsgebäude gefunden hatten, traten wir in eine große, ja geradezu pompöse Halle, in der sich ein unübersehbarer Empfangstresen aufdrängte, hinter dem uns eine Dame erwartungsvoll anblickte, für deren Attraktivität und Charme wir in diesem Augenblick keinerlei Antenne ausgefahren hatten. Sie wusste bereits Bescheid und empfing uns mit den Worten: „Herr Direktor D. erwartet Sie bereits. Bitte, hier entlang!"

Wir wurden an eine Tür dirigiert, auf der unter dem Namen D. zu lesen stand: „Generaldirektor" und in der nächsten Zeile: „Sekretariat".

Als wir eintraten, erwartete uns eine Dame, deren Attraktivität gegenüber der der in der Vorhalle arbeitenden Dame noch einmal eine Steigerung bedeutete, so dass selbst wir sie wahrnahmen, obwohl uns andere Sorgen drückten. Sie dirigierte uns in das Zimmer des Chefs mit den Worten: „Ihr Besuch, Herr Direktor!"

Mein Mitdelinquent D. hatte seinen Vater bisher auch noch nicht bei seiner Arbeit besucht gehabt. Deshalb war er vermutlich ähnlich

beeindruckt wie ich. Als wir in zwei ledernen Besuchersesseln vor einem Schreibtisch versanken, kamen wir uns verflucht klein vor und trauten uns kaum zu atmen. So etwas gab es also in echt! Solch eine Situation und solche Sessel hatte ich bisher nur im Kino gesehen.

Herr Direktor D. machte keine großen Worte. Er informierte uns nur kurz, er müsse eben mit der Versicherung telefonieren, um die Kostenfrage endgültig zu klären. Mein Mut sank – wenn das denn überhaupt noch möglich war – noch tiefer, denn mir war klar, dass ich mit großer Wahrscheinlichkeit den gesamten Schaden bezahlen musste, und ich hatte keine Ahnung, wie ich das bewerkstelligen sollte. Irgendwie kam ich mir vor, als befände ich mich in einer virtuellen Welt. Jeden Augenblick erwartete ich einen Knall, und alles würde wie eine Seifenblase zerplatzen.

Nichts zerplatzte, D. beauftragte mit scheinbar unbeteiligter Stimme die Sekretärin, ihn mit der Versicherung zu verbinden, und ich erlebte das nächste `Wunder`: Ein Telefon mit einem Lautsprecher.

„Guten Tag, Herr Schreiber!"

„Guten Tag, Herr Direktor D.! – Äh, – ich habe die Akte ihres Schadensfalles vorliegen. – Äh, – wenn ich ehrlich bin, es sieht nicht gut aus. – Sehen Sie, Herr Direktor D., es ist ja nun eindeutig bewiesen – äh, dass Ihr Fahrer unter Alkohol stand. – Äh – und da sagen unsere Statuten eindeutig, – äh – dass keinerlei Kosten übernommen werden. – Das ist nun einmal so! – Es tut mir leid, dass wir da nichts tun können, Herr Direktor D.! Da sind uns die Hände gebunden."

„Hhm, Herr Schreiber, das verstehe ich!"

Ich wurde nach meiner Erinnerung noch mindestens einen Meter kleiner, als ich ohnehin schon war. Keine Chance, die Versicherung zahlt nicht! Selbst Direktor D. konnte da offenbar nichts ausrichten!

„Ja, da kann man nichts machen, Herr Schreiber! Dafür habe ich Verständnis. – Aber ich bin sicher, dass Sie dann auch dafür Verständnis haben, dass ich meine zweiundfünfzig LKWs, die ich bei Ihnen versichert habe, zum nächstmöglichen Termin bei Ihnen abmelden werde. – Guten Tag, Herr Schreiber." Er legte ohne ein weiteres Wort auf.

Durch eine Sprechanlage sagte er der Sekretärin: „Wenn sich die Versicherung meldet, sagen Sie, ich sei in einer Besprechung, und fragen

Sie, worum es denn ginge. Dann sprechen Sie erst mit mir, ehe Sie mich verbinden!"

Er sah uns an und lächelte. „Ich gebe denen fünf Minuten!" sagte er. „Solange bleibt Ihr bitte hier!"

Es dauerte höchstens drei Minuten, da erklang die Stimme der Sekretärin aus der Sprechanlage: „Herr Direktor, die Versicherung, aber nicht Herr Schreiber, sondern Herr Direktor Seifert. Wie es scheint, wollen sie die Kosten übernehmen. – Soll ich durchstellen?"

„Ja, stellen Sie durch!"

Herr Direktor Seifert entschuldigte sich vielmals. Sein Mitarbeiter habe offenbar eigenmächtig und nicht im Sinne des Hauses gehandelt. Selbstverständlich werde der volle Schaden übernommen. – So einfach war das!

„Macht, dass Ihr rauskommt! – Dass ich so etwas nicht noch einmal erlebe!"

So etwas gab es, und zwar nicht nur im Kino? – Das hätte ich nicht gedacht! Generaldirektor müsste man sein! Für mich hatte die Angelegenheit – Gott sei Dank – kein finanzielles Nachspiel, aber noch ein anderes, an welches ich mich mein Leben lang erinnern sollte: Drei Wochenenden Jugendarrest.

Ich hatte keine Ahnung, was mich erwartete.

Ich hatte mich an einem Samstagnachmittag um 16 Uhr an dem Tor zum Eingang zu einem Nebengebäude des Amtsgerichts einzufinden. Zahnbürste sei mitzubringen. Sonst hatte ich keinerlei Informationen.

Ich war eine Viertelstunde früher da, und ich begann schon, mich zu wundern, wohin ich geraten war: Eine Gruppe von Jugendlichen stand bereits randalierend und saufend vor dem Tor. Als ich dazu kam, wurde es für einen Augenblick etwas ruhiger. Einer fragte mich in einer unangemessenen Lautstärke: „Eh! – Du! – Willst Du auch in dieses beschissene Loch hier? – Was hast Du denn verbrochen?"

„Trunkenheit am Steuer", antwortete ich, und man konnte an meiner Art zu antworten sehen, wie unwohl ich mich fühlte.

„Ach, hast wohl an Papis Schlitten besoffen einen Kratzer gemacht, was?" sagte ein anderer, und alles grölte vor Lachen, als sei das der Witz des Tages gewesen.

„Hier", brüllte ein anderer, „schütt Dir ein Bier rein!" und er schmiss mir eine Flasche zu, die ich fing. „Dieses verschissene Drecksloch und den verfickten Henkersknecht kannst Du nur besoffen ertragen."

„Danke!" sagte ich verschüchtert, „ich möchte jetzt nicht trinken!" Ich gab ihm die Flasche zurück.

„Ah, das Jungchen möchte jetzt nicht trinken! – So so!" sagte einer der Jugendlichen, und ein paar von ihnen bewegten sich bedrohlich auf mich zu. Da öffnete sich zum Glück für mich das Tor, und ein Mann, der eine verblüffende Ähnlichkeit mit einem Henkersknecht aus einem Horrorfilm hatte, brüllte in die Menge: „Reinkommen!"

Etwa sechs oder sieben der Jugendlichen und ich bewegten uns auf einen kleinen Hof und dann in das Gebäude. Mindestens zehn Jugendliche blieben unter Gejohle und übelsten Beschimpfungen des `Henkersknechts` draußen, als das Tor wieder geschlossen wurde.

Wir wurden in einen Raum gelassen. Hinter uns wurde alles sorgfältig wieder abgeschlossen. In diesem Moment kam ich mir wie jemand vor, den man zu lauter Schwerverbrechern in einem Hochsicherheitstrakt eines Hochsicherheitsgefängnisses eingeschlossen hatte. Ich wollte mich nicht mit den anderen Jugendlichen identifizieren. Und einen Moment beschlich mich die Angst, ich käme hier nie wieder heraus.

Jedem von uns wurden zwei Wolldecken, eine Schüssel aus Aluminiumblech und ein Esslöffel in die Hand gedrückt. Dann musste er in die Zelle gehen, deren Nummer ihm genannt wurde, und die Tür hinter sich ins Schloss ziehen. Jedes Wort und überhaupt jedes Geräusch hallte in dem unwirtlichen Gebäude wie in einer Bahnhofshalle. Jedes Knallen einer Zellentür hatte ein mehrfaches Echo. Mir wurde Zelle fünf zugeteilt.

Ich hatte kein Komfortzimmer erwartet. Aber es schockierte mich schon, wie die Zelle eingerichtet war: Eine etwa fünfzig Zentimeter breite Pritsche, deren Liegefläche aus nackten Brettern bestand, ein Dreibeinschemel, dessen hölzerne Sitzfläche kreisrund war, mit einem Durchmesser von etwa fünfundzwanzig Zentimetern. Dann waren da noch ein Ausgussbecken mit einem Wasserhahn darüber und ein Klobecken.

Als ich gerade im Begriff war, aus der Art und aus der sehr überschaubaren Anzahl der Einrichtungsgegenstände einen Schluss auf den Grad des Abwechslungsreichtums des bevorstehenden Wochenendes zu wagen, enterte der `Henkersknecht` meine Zelle. Natürlich wunderte ich mich nicht darüber, dass er nicht angeklopft hatte. Vorgestellt hatte er sich auch nicht, so war ich auch nicht in der Lage, ihn anzusprechen. Wahrscheinlich wollte er das auch gar nicht. Vermutlich erschien es ihm auch, als würde er Perlen vor die Säue werfen, wenn er diesem johlenden und pöbelnden Haufen seinen Namen preisgab. In dem Augenblick empfand ich ein wenig Mitleid mit ihm. Aber nicht wirklich sehr lange, dann bemitleidete ich nur noch mich.

„Wenn hier jemand in die Zelle kommt, stehst Du auf! Verstanden?"

Ich fühlte mich durch diesen Ton verletzt. Ich hatte ihm nichts getan. Ich hatte mich nicht den Pöbeleien und Beschimpfungen meiner Mithäftlinge angeschlossen. Das würde ich auch nicht tun. Warum konnte er mit mir nicht wie mit einem normalen Menschen sprechen?

„Ver – stan – den?" brüllte er noch einmal, diesmal aber mit einer Lautstärke, dass ich vor Schreck zusammenfuhr.

„Ja!" antwortete ich.

„Ich – ver – stehe – nicht!" brüllte er, indem er den Kopf in Richtung meines Mundes vorstreckte und gleichzeitig eine Hand wie eine Muschel an sein Ohr hielt.

„Ja! – Ich – habe – ver – stan – den!" brüllte ich in annähernd der gleichen Lautstärke in seine aufgestellten Lauscher, so dass diesmal er zusammenfuhr.

„Dir werden Deine Späße noch vergehen!" zischte er wütend.

Mir war überhaupt nicht nach Späßen zumute! Aber das sagte ich ihm nicht, weil ich der festen Überzeugung war, dass ihn das nicht interessiert hätte.

„Was hast Du da in der Aktentasche?"

„Das sind meine Bücher, die ich für mein Mathematikstudium brauche."

„Sonst noch was?

„Nein, höchstens Schreibzeug und Zahnputzzeug."

„So!" sagte er nicht ohne eine gewisse Süffisanz. „Deine Zahnbürste nimmst Du raus! Den Rest kannst Du Dir am Montagmorgen wieder bei mir abholen!" Dabei machte er ein Gesicht, als wollte er sagen: `Das ist erst die erste Schikane! Warte es nur ab!`

„Ich muss mich aber für eine Klausur vorbereiten. Die Bücher brauche ich!" protestierte ich.

„Wer hier was braucht, bestimme ich, ist das klar?"

Ich brauchte einen Moment, um mir meine absolute Ohnmacht einzugestehen und meine Wut zu beherrschen.

„Ist – das – klar?" wiederholte er?

„Ja! – Das – ist – vorerst – klar!" wiederholte ich, und man merkte mir meine Wut an.

„Alle Hosentaschen ausleeren und auf den Tisch legen!" herrschte er mich an.

So ein Blödsinn! Wie konnte ich meine Hosentaschen auf den Tisch legen? Aber ich korrigierte ihn nicht. – Außer meinem Taschentuch, kam nichts zum Vorschein. Das durfte ich behalten.

„Armbanduhr abmachen!"

Ich gab ihm meine Armbanduhr. Dann ging er zur Tür. Beim Hinausgehen sagte er: „Um sechs gibt es ne Suppe, um acht ist Ruhe, um sechs ist Wecken, um eins und um sechs gibt's wieder ne Suppe. Morgen um 12 kommt die Jugendrichterin. Dann stehst Du anständig auf und beantwortest die Fragen klar und deutlich! Ist das klar?"

„*Ich* weiß, was sich gehört!" sagte ich ein wenig schnippisch und drehte mich ostentativ von ihm weg.

Die Tür fiel ins Schloss.

Das war also die Methode: Die Jugendlichen eineinhalb Tage ohne Uhr und ohne jede Beschäftigungsmöglichkeit auf sich selbst zurück zu werfen! Das sollte erzieherisch sein? Das glaubte ich nicht. Das erfüllte nach meiner Beurteilung den Tatbestand der Folter.

Dieser Eindruck wurde bei mir noch dadurch verstärkt, dass die Suppe an beiden Tagen eine nach nichts schmeckende Wassersuppe mit ein paar Graupen und ein paar Kartoffelstückchen war, dass um Punkt acht Uhr abends das Licht ausging und es damit in den Zellen stockfinster war, dass es ausgeschlossen war, nachts länger als eine halbe Stunde

am Stück zu schlafen, weil die Pritsche zu hart war, weil es zu wenig Decken gab, um nicht in der Nacht zu frieren, weil alle Augenblicke einer der Zelleninsassen wie besessen gegen die Wand schlug oder sonst einen Höllenlärm machte, welches dann jeweils ein Geschrei der anderen Zellenbewohner auslöste. – Kurzum: So stellte ich mir die Hölle vor.

Ich hatte bisher keine Ahnung, wie lang ein Tag sein kann, wenn man keine Uhr und keine Beschäftigungsmöglichkeit hat, außer mit sich selbst. So freute ich mich geradezu auf den Besuch der Jugendrichterin, quasi als eine Art Highlight.

Den Besuch nahm ich schon wahr, als er in Zelle eins anfing: Schlüsselgerassel – Stimmengewirr in der Zelle – Geschrei – Zuschlagen der Zellentür. Viermal. Dann kam meine Zelle. Die Richterin und der ʻHenkersknechtʻ kamen herein. Ich stand auf, bot ihr – den ʻHenkersknechtʻ ignorierte ich – meinen Platz an und entschuldigte mich, dass ich ihr leider nur diesen Schemel und sonst nichts anbieten könne. Die Richterin nahm das Angebot an. Dem ʻHenkersknechtʻ quollen die Augen hervor, als hätte man ihm einen Strick um den Hals gelegt und zugezogen. Er brachte keinen Ton heraus.

„Weshalb sind Sie denn hier?" fragte mich die Richterin. Das „Sie" traf mich fast wie ein Keulenschlag. Das hatte ich nicht erwartet. Ich genoss es, besonders weil ich zufällig das Gesicht des ʻHenkersknechtsʻ sah, dessen Züge entgleisten. Vermutlich wusste sie, weshalb ich einsaß, aber sie wollte sich mir vermutlich angesichts meiner Höflichkeit durch einen Smalltalk zuwenden. Ich ging darauf ein und fragte sie:

„Möchten Sie die offizielle Version oder meine Version hören?"

„Gibt es denn da einen Unterschied?"

Ich bejahte und begann, ihr meine Version zu erzählen. Das Gesicht des ʻHenkersknechtsʻ verfinsterte sich immer mehr, was mich – ich gebe es gern zu – immer fröhlicher stimmte. Ich hätte nicht zu hoffen gewagt, dass sich die Richterin meine komplette Geschichte anhörte.

„Und das Gericht hat natürlich dem Polizisten und seinem Kollegen geglaubt und nicht meinen beiden betrunkenen Klassenkameraden!" beendete ich meine Geschichte.

„Und jetzt sitzen Sie hier drin! – Ärgern Sie sich nicht! Das geht vorbei!" sagte sie und stand auf. Bevor der `Henkersknecht` die Tür öffnete, sagte ich noch:

„Gestatten Sie, dass ich eine Bitte äußere?"

„Nur zu!" ermunterte sie mich.

„Ich hatte keine Ahnung, wie es hier zuging. Ich bin mitten in der Vorbereitung für eine Klausur und hatte eigentlich gedacht, dass ich mich hier ein wenig vorbereiten könnte. Ich hatte mir ein paar Bücher mitgebracht, die mir leider weggenommen worden sind. Wäre die Strafe nicht ein bisschen zu hart, wenn ich über den Jugendarrest hinaus auch noch die Klausur in den Sand setze? – Ich würde mich gern weiter vorbereiten."

Sie setzte sich wieder hin. – Eins zu null für mich! Dann sah ich das Gesicht des `Henkersknechts` und konstatierte sofort zwei zu null! Ich gestehe, es ging mir runter wie Öl.

„Was studieren Sie denn?" fragte Sie interessiert.

„Höheres Lehramt – Mathematik, Geographie und Sport. – Und die Klausur ist in Infinitesimalrechnung."

„Das klingt kompliziert!" Dann drehte sie sich nach dem `Henkersknecht` um und sagte: „Ich denke, es spricht nichts dagegen, wenn wir in diesem Falle die Mathebücher zulassen, nicht wahr!"

„Und bitte auch Schreibzeug. Manch einen Gedankengang muss man einfach schriftlich machen, damit er sich einprägt!"

„Das geht in Ordnung!"

Drei zu null für mich! Natürlich bedankte ich mich, nicht überschwänglich, aber doch herzlich. Dann fügte die Richterin noch hinzu: „Das gilt auch für die nächsten zwei Male! – Auf Wiedersehen!"

Das bedeutete für mich Hafterleichterung. Außerdem bereitete es mir eine diebische Freude, dass die Richterin sich mir zugewandt hatte und der `Henkersknecht` während unseres Gesprächs Luft war.

„Wer hier was braucht, bestimme ich, ist das klar? – Ist – das – klar?"

Diese Worte des `Henkersknechts` von gestern klangen wie Musik in meinen Ohren.

So überstand ich drei Wochenenden, wenn auch mühsam. Die unerträglich langen und vor allem harten Nächte überstand ich dadurch, dass

ich die nächsten zwei Male – ich hatte ja nun schon Erfahrung – für jede Nacht eine Schlaftablette hereinschmuggelte, die ich mir in der Apotheke besorgt hatte.

Eine nachhaltige Erfahrung in mehrerlei Hinsicht!

***

Augen zu und durch!

Die Ereignisse, die sich unmittelbar an das Abitur anschlossen, haben mich veranlasst, ein wenig vorzugreifen. Deshalb sei es mir gestattet. Die Abfolge der Ereignisse unmittelbar nach dem Abitur wieder aufzugreifen.

Ich hatte das Abitur ja nun bestanden, wenn auch mit einigen Hindernissen, aber insgesamt nicht schlecht. Also: Mit allen guten Vorsätzen auf ins Studium!

Schon ein halbes Jahr vor dem Abitur musste ich mich für einen Studienplatz bei der jeweiligen Universität bewerben. Eine Zentralstelle dafür gab es noch nicht.

Ich sagte ja schon: Am liebsten hätte ich Medizin studiert. Es zog mich, ohne dass ich wusste, aus welchen Gründen, nahezu unwiderstehlich zur Medizin. Und ich hätte auch ohne Mühe einen Studienplatz bekommen, denn einen Numerus clausus gab es noch nicht. Immerhin haben drei Klassenkameraden, die ein erheblich schlechteres Abitur gemacht hatten als ich, Medizin studiert. Ich fügte mich aber in meine kleinbürgerliche Vorstellungswelt und den Wünschen meiner späteren Frau und schrieb mich ein für ein Studium des höheren Lehramts, Mathematik, Erdkunde und Sport. Das konnte ich in meinem Heimatort studieren. Schließlich gab es ja für den Berufswunsch `Lehrer` bei mir inzwischen eine ganze Menge Motivation: Ich wollte es besser machen als meine Lehrer. Und da es sicher nicht schwer war, etwas besser als vorwiegend schlecht zu machen, wollte ich es *viel, viel* besser machen! Ich hatte die feste Absicht, Schülern einerseits als netter Mensch und mit Achtung zu begegnen, damit sie sich im Rahmen ihrer Fähigkeiten und Begabungen frei entfalten konnten, andererseits wollte ich ihnen ein gerechter und verständnisvoller Lehrer sein. Was ich noch nicht durchschaut hatte: Vor dem Erfolg liegt gewöhnlich der Schweiß! Die hohen Ziele hatten überhaupt erst eine Chance der Verwirklichung, wenn ich die Kleinigkeit einer notwendigen Bedingung erfüllt hatte, nämlich die des Staatsexamens.

Als ich mit dem Studium anfing, war ich voller guter Hoffnung. Aber wahrscheinlich hätte ich auf eine entsprechende Anfrage nicht einmal sagen können, worauf. Ich hatte keine Ahnung, was Studieren überhaupt bedeutete. Trotzdem ging ich brav in die Mathematikvorlesungen, jedenfalls zu Anfang des Semesters. Ich lebte in der wirklichkeitsfremden Vorstellung: Ich bin in der Schule nicht sitzen geblieben, also werde ich beim Studieren auch nicht sitzen bleiben. Zwar hatte ich das pädagogische Konzept des Vorlesungsbetriebs, wenn es denn eines gab, noch nicht durchschaut, und ich hatte keine Ahnung, dass der Begriff „Sitzenbleiben" im universitären Raum absolut bedeutungslos war, aber ich war wohlgemut wie seinerzeit das Hänschen klein, das nach dem gleichnamigen Volkslied allein in die weite Welt hinein ging. Den Begriff 'wohlgemut' gibt es – außer in dem Lied – heute nicht mehr. Damals hätte man ihn vielleicht mit 'unbedarft' übersetzt, heute schlicht mit 'bescheuert'. Spätestens nach vier Wochen bekam ich die Ahnung einer Wahrnehmung, dass mein Studierverhalten nicht als Vorbild hätte dienen können. Aber ich ließ es nicht zu, dass sich diese Ahnung als echte Wahrnehmung etablieren konnte. Was mir zunächst diese Ahnung verschaffte, war: Ich verstand in den mathematischen Vorlesungen absolut nichts mehr. Und dass sich diese Ahnung nicht zu einer subjektiven Wahrheit verdichten konnte, unterstützte ich dadurch tatkräftig, dass ich dann einfach nicht mehr hinging. Mathematische Übungen schrieb ich sinnlos ab. Klausuren gab es in den ersten beiden Semestern nicht. Ein probates Mittel, jeglichem negativen Feed-back kompromisslos auszuweichen! In gewisser Weise war ich sogar stolz auf mich. Dabei ignorierte ich geflissentlich, dass sich meine mathematischen Fertigkeiten und Fähigkeiten keineswegs weiter entwickelten.

Nach den ersten zwei Semestern war ich in der Mathematik – wenn überhaupt – auf dem Stand eines Abiturienten des sprachlichen Zweigs eines Gymnasiums. – Auf lange Sicht nicht besonders erfolgversprechend! Aber mein Erfolg lag in der Vermeidung des negativen Feedbacks! Also war ich erfolgreich!

In den ersten zwei Semestern bekam ich aufgrund der Tatsache, dass mein Vater aus dem zweiten Weltkrieg nicht zurückgekommen war und ich ja auch ein ganz brauchbares Abiturzeugnis hatte, ein Stipendium.

Das nannte sich Honnefer Modell oder kurz Honnef. Am Ende des zweiten Semesters musste ich dann für die weitere Gewährung des Stipendiums eine Leistungsprüfung in Mathematik ablegen. Das war so üblich. Niemand bekam ein Stipendium ohne zeitliche Beschränkung nur für seine wunderschönen blauen Augen! Nicht einmal ich! Und dass das so war, war mir schon am ersten Tag meines Studiums bekannt. Aber als Meister der Verdrängung kam mir nicht einmal der Anflug eines Gedankens, der auch nur in die Nähe des Begriffs `Nichtbestehen` geführt hätte! Natürlich ging ich in völliger Verkennung der Situation zu der Prüfung und – fiel durch.

Ich war so davon überzeugt, dass ich alles richtig gemacht hatte, dass ich überhaupt nicht begreifen konnte, dass ich durchgefallen war. Ich nahm mir eine angemessene Zeit der Trauer. Immer wieder überfielen mich während dieser Trauer Phasen, in denen ich mich im Externalisieren der Schuld übte. Zum Glück setzte sich dann doch immer wieder mein im Grunde doch mindestens halbwegs gesunder Menschenverstand durch. So stellten sich nach und nach alle Menschen oder Institutionen, denen ich die Schuld an meinem Versagen zugeschoben hatte, als unschuldig heraus. Spätestens, als ich bei Gott als Hauptschuldigem angelangt war, ging die Trauerphase einem jähen Ende entgegen, und mir wurde schlagartig klar, dass jede Art der Schuldzuweisung ein Verharren in der Vergangenheit bedeutete. Meine Chance aber musste ich in der Zukunft suchen. Und wer suchet, der findet bekanntlich auch. Also: Schluss mit der Trauer! Ran an den Speck!

Hier sei mir ein kurzer Blick zurück gestattet, aber ganz ohne Zorn! Die Trauerphase hatte im Nachhinein den Vorteil, dass mir die Konsequenzen meines Versagens ohne Beschönigungen in allen Einzelheiten klar waren:

1. Im nächsten Semester kein Geld! Es hatte einige Zeit gedauert, bis ich verstanden hatte, dass meine Situation mit `im nächsten Semester kein Geld!` Nicht einmal annähernd korrekt beschrieben war. Wie man so sagt: Der Groschen fiel pfennigweise. In Neudeutsch übersetzt: Die Zehncentmünze fiel centweise! Natürlich konnte ich ja dann auch in dem darauf folgenden Semester eine solche Prüfung nicht bestehen. Denn ich konnte

unmöglich zwei Semester nachholen und gleichzeitig den Stoff des nächsten Semesters studieren und vor allen Dingen verstehen! Und was für das nächste Semester galt, das kam mir dann allmählich zum Bewusstsein, galt auch für die folgenden Semester. – Also: Ich stand vor der Alternative ‚aufgeben oder selbst bezahlen‘, und damals gab es noch gesalzene Studiengebühren!

2. Es kam wie so oft im Leben alles auf einmal: Nur wenige Tage vor der Leistungsprüfung hatte ich erfahren, dass meine damalige Freundin und spätere Ehefrau schwanger war, und zwar von mir, daran bestand kein Zweifel. Hochzeit heißt hohe Zeit, manchmal auch die höchste! Damals heiratete man noch, wenn ein Kind unterwegs war. Zwar hatten wir uns tatsächlich schon vorher zu einer Heirat entschlossen, also bevor wir von der Schwangerschaft wussten, aber das war in dieser Situation sowieso egal! Außerdem hätte uns das niemand geglaubt. Da es damals noch als Makel galt, vor der Hochzeit Geschlechtsverkehr zu haben, hätte jeder geglaubt, wir wollten uns diesem Makel durch eine Notlüge entziehen, wie das so üblich war. – Makel hin, Makel her! Das interessierte uns herzlich wenig. Was jetzt tun, das war hier die Frage!

Durch die oben beschriebene Trauerphase mit all ihren Facetten war ich mit meiner Selbstbeurteilung doch in bedenkliche Nähe zur Wahrheit gekommen. So ist es wohl zu verstehen, dass ich mir manchmal sogar die Frage gestatten konnte: Hast Du überhaupt eine Chance, das Studium der Mathematik erfolgreich zu beenden? Oder bist Du vielleicht zu doof dazu? – Natürlich nur manchmal, und natürlich nur insgeheim, dass es niemand hörte! Bei allem gesunden Menschenverstand, ich wollte ja auch nicht gleich übertreiben!

Gleichwohl liebäugelte ich damit, auf das Volksschullehrerstudium umzusatteln. Das konnte man damals in Schleswig-Holstein in nur vier Semestern absolvieren, also in weniger Zeit, als eine Schusterlehre in Anspruch genommen hätte. Und eine Referendarzeit mit wenig Gehalt, wie sie als Gymnasiallehrer vorgeschrieben war, gab es auch nicht. Man musste zwar im Anschluss an das Studium eine pädagogische Ausbildung absolvieren, aber man bekam dabei bereits volles Gehalt, etwa das

Dreifache des Referendarsgehalts eines Gymnasiallehrers. Eine verlockende Idee! Diese wurde auch durch die einfache Rechnung genährt, dass in vier Semestern lange nicht so viel Mathematik studiert werden müsse, wie in einem durchschnittlichen Gymnasiallehrerstudium von etwa zwölf Semestern. Und falls ich ja vielleicht doch nicht so übermäßig mathematisch begabt sein sollte – nur einmal gesetzt den Fall! –, fiele das vielleicht in den vier Semestern überhaupt nicht auf! – In der Tat, eine verlockende Idee! Die war so verlockend, dass ich sie mir nicht einmal schön zu saufen brauchte! – Entschuldigung! Das war ein Rückfall in die damalige Studentensprache!

Ich stürzte mich also geradezu hoffnungsschwanger in ein Schulpraktikum, und zwar zunächst in einer Grundschule. Das war wahrscheinlich wieder einmal eine Idee meines Schutzengels, dem ich unterstelle, dass er mein gesamtes Leben lang Schwerstarbeit geleistet hat. Und das war gut so, denn dieses Praktikum gab mir trotz meiner wahrhaft sehr gut ausgeprägten Fähigkeit der Verdrängung eine hinreichend genaue Vorstellung davon, dass ich als Grundschullehrer völlig ungeeignet war. Es wurde mir Tag für Tag immer klarer, ich würde vermutlich mein Leben lang unglücklich sein, weil ich nicht mit so kleinen Kindern in den Klassen eins bis vier umgehen konnte. Dazu brauchte man offenbar in erster Linie eine ganz besondere Begabung, nämlich die eines Märchenonkels, um überhaupt einen Zugang zu den Kindern zu finden. Und erst dann konnte man über mathematische Inhalte, die es zu transportieren galt, nachdenken. – Eine erschreckende und zugleich ernüchternde Erfahrung für mich!

Nach reiflicher Überlegung entschloss ich mich dann doch für ʻAugen zu und durchʻ. Ich *musste* es einfach schaffen, Studium und Geld verdienen unter einen Hut zu bringen, wenn es auch schwer fiel. Schließlich hatte ich ja zwei Semester, wenn auch mit schlechtem Gewissen, Urlaub gemacht. Ein ganzes Jahr hatte ich in den Tag hinein gelebt, ohne etwas vorweisen zu können, außer einer nicht bestandenen Leistungsprüfung und der Schwangerschaft meiner Freundin!

Arbeitslosigkeit gab es damals im Jahre 1960 zum Glück nicht. Im Gegenteil: Das war die Zeit, in der die griechischen, türkischen, italienischen und spanischen Mitbürger ins Land geholt wurden. Und was die

Griechen, Türken, Italiener oder Spanier konnten, das konnte ich auch: Arbeiten.

Ich nahm einen Job als Hausmeister im Hause eines renommierten Rechtsanwalts an. Dadurch bekam ich eine Dreizimmerwohnung im Souterrain seines Wohnhauses in einer gehobenen Wohngegend zu einem für mich bezahlbaren Preis. Schließlich hatte ich ja ab 1961 Familie. Zwar musste ich den Garten rings um das Haus herum pflegen, eine Arbeit, die mir zuwider war, aber hatte ich eine Wahl? Gab es etwas Besseres? – Nein! – Augen zu und durch!

Ich pflegte also brav den Garten. Zum Glück beschränkte sich diese Pflege auf höchst einfache subalterne Tätigkeiten wie Rasen mähen, Hof fegen und dergleichen. Zu anderen Tätigkeiten wäre ich auch nicht in der Lage gewesen, denn ich konnte nur mühsam eine Rose von einer Tulpe unterscheiden. Fast jedes Wochenende von Frühling bis Herbst arbeitete ich zusätzlich auf dem Bau, zunächst als Handlanger. Es handelte sich um „Schwarzbauten", man nannte sie euphemistisch Selbsthilfebauten. Aber es gab gutes Geld. Im Winter schlug ich mich als Straßenbahnschaffner durch. Ich hatte Glück, dass es in Niedersachsen einen eklatanten Lehrermangel gab. So bekam ich an zwei Wochentagen, Dienstag und Freitag, über den Sommer einen Job als Sportlehrer am Gymnasium in Bad Nenndorf. Und wieso nur im Sommer? Ganz einfach: Das Gymnasium verfügte über keine Turnhalle. Man ging auf den nahe gelegenen Sportplatz des Nenndorfer Fußballvereins. Und wenn es regnete, fand der Sportunterricht als Konditionstraining in der kleinen Pausenhalle statt. Da musste man sich als Sportlehrer etwas einfallen lassen! Für eine Sporthalle hatte das Geld beim Bau des Gymnasiums nicht mehr gereicht. So war das damals!

Diesen Job behielt ich bis 1964. Das war ein Jahr vor meinem Staatsexamen. Dann musste ich schweren Herzens kündigen. In dem letzten Jahr meines Studiums hatte ich nämlich keine Zeit mehr, für Geld zu arbeiten. Wenn es finanziell dann manchmal doch etwas eng wurde, dann konnte ich schnell mal einen Job bekommen: als Kellner zum Beispiel, als Abfüller in einer Schnapsfabrik oder – wenn alle Stricke rissen – als Nachhilfelehrer in Mathematik. Und in den Zeiten zwischen den vielen Jobs studierte ich intensiv. In jedem Semester absolvierte ich min-

destens ein Kolloquium, um mindestens einen Schein für das Semester zu bekommen. In zwei Semestern konnte ich sogar jeweils zwei Scheine schaffen. Das waren aber Sonderfälle! Ich besuchte auch meistens mindestens 60 % der Sportveranstaltungen. Das war nötig, um im Sport Scheine zu bekommen. Allerdings war das im Sport nicht immer einfach. Die Sportveranstaltungen lagen manchmal zeitlich sehr unglücklich.

Ich erinnere mich an ein Semester, in dem ich keinen Schein im Schwimmen bekam, obwohl das nötig gewesen wäre. Aber die Schwimmzeiten lagen zu ungünstig für mich. Ich musste immer gerade zu der Zeit meinen Sohn von der Tagesmutter abholen. Diesen Schein musste ich dann kurz vor dem Staatsexamen nachholen, sonst wäre ich nicht zugelassen worden.

Einmal hatte ich Schwierigkeiten, einen Schein in Leitathletik zu bekommen, weil ich aus ähnlichen Gründen nicht immer montags um 8.00 Uhr in der Frühe bei der Leichtathletik sein konnte. Einmal gab es auch einen nicht unerheblichen Konflikt mit einem der Dozenten, der seinem Auftreten nach vielleicht besser bei einem Unteroffizierslehrgang als Schleifer aufgetreten wäre. Ich hatte am Sonntagabend bis in die Nacht hinein mit meiner Band – die hatte ich bisher vergessen zu erwähnen – Tanzmusik gemacht. Trotzdem war ich pünktlich um 8.00 Uhr bei der Leichtathletik. In seiner unnachahmlichen, zackigen Art sagte der Dozent:

„So, Jungs! Damit Ihr kapiert, dass Leichtathletik nicht eine Verlängerung Eurer nächtlichen Aktivitäten bedeutet, machen wir heute zum Warmlaufen als erstes einen 1000-m-Lauf! – Auf geht's!"

Das war für mich etwas, was ich mir an genau diesem Tage körperlich nicht zutraute. Ich sah mich schon nach spätestens der Hälfte zusammenbrechen und nach einem Notarzt rufen. Damals war ich auch noch starker Raucher.

„Nee!" sagte ich aus vollem Herzen. Und ich meinte es bitterernst. „Das schaffe ich heute Morgen nicht."

Weiter kam ich mit meinen Ausführungen nicht.

„Du bist wohl zu spät von der Alten runter gekommen, was?" hörte ich den Dozenten sagen.

Und genau in diesem Augenblick brannten bei mir alle Sicherungen auf einmal durch. Ich beobachtete mich, wie ich anfing zu hyperventilieren. Dann rannte ich mit geballten Fäusten auf ihn zu. Vermutlich wäre es zu einem Mordversuch gekommen. Zum Glück konnte ich meine Aggressionen lediglich im Kampf mit zwei meiner Kommilitonen messen, die geistesgegenwärtig auf mich zugesprungen waren und mich festgehalten hatten. Natürlich fand an dem Morgen weder ein 1000-m-Lauf noch Leichtathletik überhaupt statt. Stattdessen lag eine Beschwerde über mich beim Institutsleiter, Herrn Graumann, vor. Den Ausspruch, der mich so hatte ausflippen lassen, hatte der Dozent natürlich vergessen, in seiner Beschwerde vorzubringen.

Herr Graumann hörte sich meine wahrheitsgetreu vorgetragene Geschichte an, machte ein nachdenkliches Gesicht und sagte dann fast väterlich:

„Ich werde Herrn (der Name des Dozenten ist mir entfallen) bitten, dass er eine Entschuldigung von Dir annimmt, wenn Du mir jetzt zwei Dinge versprichst: Erstens: Du wirst in Zukunft versuchen, Deine Emotionen auch unter extremen Bedingungen unter Kontrolle zu behalten, und zweitens: Du nimmst auch eine Entschuldigung des Dozenten an. Und dann ist der Fall erledigt. Ist das klar?"

Eigenartig: Ich hatte überhaupt nichts dagegen, dass Herr Graumann mich duzte. Der durfte das. Aber dieser Arsch von Dozent ... Im ersten Augenblick hatte ich überhaupt nicht wahrgenommen, dass auch der Dozent sich bei mir entschuldigen sollte. Fast hätte ich den Schlichtungsversuch von Herrn Graumann abgelehnt. Dann drang es zum Glück noch rechtzeitig in mein Bewusstsein, und ich sagte lapidar „Klar!" und so geschah es.

Meine Tätigkeiten auf dem Bau, von denen ich oben bereits sprach, machten mir nach anfänglichen Schwierigkeiten Spaß. Da ich mir zwar vorgenommen hatte, mein Studium ab sofort ernst zu nehmen aber bisher ja noch nichts in der Hinsicht auf die Beine gestellt hatte, war es für mich ein beruhigender Gedanke, der mir zuweilen durch den Kopf ging, dass ich ja notfalls auch meine Bautätigkeit zum Beruf machen könnte. Wie gesagt: Arbeit gab es genug.

Als ersten Job bekam ich einen Hilfsmalerjob. Johann Rosenbaum war Inhaber einer Einmannfirma. Er hatte den Auftrag, die Malerarbeiten in zwei Einfamilienhaus-Neubauten auszuführen. Und dafür brauchte er einen zweiten Mann. Als ich mich bei ihm vorstellte, fragte er mich, ob ich das schon einmal gemacht hätte. Ich verneinte wahrheitsgemäß, sagte aber dazu, ich würde mir die größte Mühe geben, alles nach seiner Zufriedenheit zu machen. Er sah mich an und sagte:

„Du kriegst den Job, aber zuerst nur für zwei Wochenenden. Dann entscheide ich, ob ich Dich rausschmeiße oder ob ich Dich weiter beschäftige. Arbeit gibt es genug! Aber die muss auch sauber ausgeführt werden! Klar?"

„Klar!"

Nach zwei Wochen schenkte er mir einen alten Maleranzug und nahm mir das Versprechen ab, dass ich niemandem erzählte, dass ich kein Maler sei. Für die nächste Zeit waren wir ein Team.

Als ich meine neue Souterrain-Wohnung bekam und natürlich einige Renovierungsarbeiten gemacht werden mussten, fragte ich ihn, ob er mir für ein paar Tage über die Woche sein Werkzeug, Tapeziertisch, Haumesser etc., leihen könnte. Er sagte zu. Bei der Arbeit erkundigte er sich eingehend danach, wann ich denn anfangen wollte, wo die Wohnung denn sei, wie groß sie sei und so weiter. Ich dachte mir nichts dabei, denn wir führten während der Arbeit immer irgendwelche Gespräche. An dem verabredeten Tag – er wollte mir das Werkzeug an dem Morgen um sieben Uhr vorbeibringen, weil er es vorher noch selber brauchte – stand er auf der Matte. Ich bedankte mich für das Werkzeug und ging mit ihm kurz durch die Wohnung, um sie ihm zu zeigen. Dann sagte er: „Nun mal zu, keine lange Vorrede! Ruck zuck! Zuerst streichen wir die Decken. Dann rührst Du den Kleister an, ich reiße die Tapeten an!"

Ich war baff. Dann sagte ich:

„Hör mal, Johann, ich kann mir Dich nicht leisten. Das geht so nicht!"

Er winkte ab und sagte:

„Halt die Klappe und arbeite. Ich kann mir auch nur drei Tage leisten. Dann ist der Laden hier fertig, verstanden? – So und nun ran!"

Ich habe viel bei Johann Rosenbaum gelernt. Aber irgendwann musste ich für eine Zwischenprüfung lernen, und unser Team war geplatzt.

Später, als ich wieder etwas Zeit hatte, wurde ich einer Maurerkolonne, bestehend aus fünf Maurern, als Handlanger zugeordnet. Der Polier machte mich an einem Freitagnachmittag mit den fünf Maurern bekannt und wies mich kurz in meine Tätigkeit ein. Ich hatte lediglich dafür zu sorgen, dass die Wünsche der Maurer hinsichtlich der Lieferung von Steinen und Mörtel, den man dort Kalk nannte, befriedigt würden. Das erschien zunächst einfach. Aber die Schwierigkeit lag wie immer im Detail.

Ich merkte den Maurern an, dass sie ihren Spaß dabei hatten, meine Unerfahrenheit als Handlanger auszunutzen und es so einzurichten, dass einer immer im unpassenden Augenblick nach Steinen oder nach Kalk rief. Und wenn einer rief, dann musste es immer sofort passieren, als sei der Weltfrieden in Gefahr. Und wenn es denn mal einen Augenblick dauerte, dann gab es ein fürchterliches Geschrei in breitestem Slang, was ins fast Hochdeutsche übersetzt etwa folgendes hieß:

„Ich steh mir hier die Beine in den Arsch, weil Du alter Pufferarsch nicht in die Pötte kommst. Was bist Du bloß für ein Lahmarsch!"

Kurzum, ich war offensichtlich zur diebischen Freude der Maurer hoffnungslos im Stress und überfordert. Der erste Tag auf dem Bau war entsetzlich! Der zweite *musste* einfach ganz anders laufen, das war mir klar. Sonst musste ich den Job kündigen. So ging es nicht weiter!

Ich studierte also das Terrain: Eine kleine Stichstraße mit sechs Baustellen, von denen fünf offenbar keine Selbsthilfebaustellen waren, denn am Wochenende war dort keine Menschenseele zu sehen. Aber Baukarren lagen auf jeder dieser Baustellen mit der Öffnung nach unten. Auf unserer Baustelle gab es genau eine Karre, die je nach Bedarf mal mit Kalk und mal mit Steinen gefüllt werden musste. Und da lag ein Problem: Hatte ich die Karre mit Kalk gefüllt, brüllte mit Sicherheit ein Maurer nach Steinen, hatte ich eine Karre mit Steinen gefüllt, brüllte ganz bestimmt einer nach Kalk.

Am Samstag, also am nächsten Tag, war der Arbeitsbeginn auf sechs Uhr morgens festgesetzt. Ich war gegen fünf Uhr auf dem Bau und `lieh`

mir von den benachbarten Baustellen vier Karren aus. Dann stapelte ich an die fünf Arbeitsplätze der Maurer jeweils so viele Steine, dass man dahinter den Maurer vermutlich nicht mehr sehen konnte. Ebenso tat ich es mit dem Kalk, so dass es auf jedem Kübel einen Haufen gab. Dann füllte ich drei Karren mit Steinen und zwei Karren mit Kalk. Und als die Männer ankamen, stand ich mit der Schulter lässig an das Baugerüst gelehnt, rauchte eine Zigarette und machte ein Gesicht, als sei ich ins Nirwana entrückt und für die Probleme dieser Welt unerreichbar. Kaum war der erste ausgestiegen, fing er schon an zu schreien in der oben geschilderten Art. Ich rührte mich nicht, sondern rauchte genüsslich weiter und bemühte mich, den Eindruck der Entrücktheit noch zu verstärken. Das machte ihn wütend, und er steigerte seine Kreativität hinsichtlich seiner Wortwahl und Gestik. Doch dann sah er die Bescherung, und ihm blieb buchstäblich das Wort im Halse stecken. Und was der eine sah, sahen die anderen auch. Es verschlug ihnen die Sprache.

Die Maurer fingen relativ wortkarg ihre Arbeit an. Und sobald ein Stapel Steine zur Hälfte abgearbeitet war, schob ich eine Karre mit Steinen dorthin. Dabei bemühte ich mich, ein Gesicht zu machen, als grübelte ich in erster Linie über das Problem, die Welt zu retten, und das Stapeln von Steinen sei lediglich ein Mittel, die Konzentration auf die Hauptsache zu unterstützen. Wie das Drehen einer Gebetsmühle! Geradezu entrückt stapelte ich Stein auf Stein. Mit dem Kalk geschah es ebenso: Sobald ich irgendwo eine Kelle auf dem Kübelboden kratzen hörte, entleerte ich pfeifend eine Karre voll Kalk in den Kübel. Und zwischendurch, wenn alle fünf zur Verfügung stehenden Karren vor lauter Gewicht ächzten und quasi danach riefen, entleert zu werden, ging ich betont fröhlich von Arbeitsplatz zu Arbeitsplatz und erzählte irgendwelche dummen Witze.

Das ging so bis zum Frühstück um neun Uhr. Als die Frühstückspause dem Ende entgegenging und ich provokativ fragte, ob vielleicht jemand Steine oder Kalk brauche, ich hätte gerade fünf Karren voll, sagte der Polier so laut, dass es jeder hören konnte:

„Du, Otto! Kannst Heinrich zu mir sagen. Und diese Scheiße mit den vielen Steinen die hört auf. Klar? – Und Ihr haltet die Fresse von wegen Pufferarsch. Ist das auch klar?"

Von dem Moment an waren wir ein Team, auch ohne dass ich bereits eine Stunde früher auf dem Bau war. Und wenn ich mal lange Weile hatte, dann durfte ich auch mal ein Stück Mauer hochziehen, und der Polier hatte Spaß daran, mir zu zeigen, wie man mit der Kelle umgeht.

Kurze Zeit später wurde ich einer Putzerkolonne als Handlanger zugeteilt. Der Vorarbeiter hatte schnell bemerkt, dass ich mich auf dem Bau auskannte und dass ich nicht ausgelastet war. Deshalb zeigte er mir, wie man putzt, und ließ mich zwischendurch öfter mal ein paar Quadratmeter putzen. Dann machte er mir ein Angebot: „Wenn Du in vier Wochen gut genug putzen kannst, dann kannst Du bei uns als Kolonnenmitglied anfangen. Einen Handlanger kriegen wir allemal." Das spornte mich an, und am fünften Wochenende war ich Putzer.

Diese Arbeit, hat mir, obwohl sie eine Knochenarbeit war, sehr viel Spaß gemacht. Aber dann kam irgendein Kolloquium, und ich hatte wegen der Vorbereitung keine Zeit. Und als ich wieder Zeit hatte, war der Job besetzt.

Aber kein Problem: Es gab einen Job als Handlanger bei einem Zimmermann, der ausschließlich Holzdecken mit den dazugehörigen Isolierungen machte. Nachdem ich den Job einige Wochenenden lang gemacht hatte, ärgerte ich mich, dass mein Chef die dicke Kohle kassierte und mich mit ein paar Mark abspeiste. Diesen Job konnte ich auch allein machen. Ich musste nur... Ich wagte einen Vorstoß bei dem Mann der Schwester meiner Frau, der diese Schwarz-, pardon, Selbsthilfebauten erstellte, um sie hinterher zu verkaufen. Der schaute mich abschätzend an und fragte meinen Chef, wie ich mich denn machte: Der sprach gut über mich, ohne auch nur einen Gedanken daran zu verschwenden, dass er soeben dafür gesorgt hatte, dass er eine Konkurrenz bei der nächsten Ausschreibung hatte.

Dann nahm mich mein Schwager beiseite und sagte:

„Ich hätte da circa 700 Quadratmeter Reihenhausdecke zu vergeben. Mach mir ein Angebot! Und wenn Du preisgünstiger bist, hast Du den Job."

Ich hatte keine Ahnung, was ein Angebot war. Das sagte ich ihm. Er gab mir eine Ausschreibung und ein zugehöriges Angebot für die

Maurerarbeiten als Vorlage und eine Bauzeichnung für die Reihenhäuser. „In vier Wochen muss ich Dein Angebot haben."

Ich wendete mich an einen mir bekannten Ingenieur-Studenten. Schließlich musste es ja einen Sinn haben, dass ich an einer Technischen Hochschule studierte! Ich machte ihm meinen Plan schmackhaft, eigenverantwortlich Holzdecken zu zimmern. Er war sofort begeistert. Wir arbeiteten zusammen das Angebot aus und gaben es eine Woche vor dem Termin ab. Drei Tage später wurden wir in das Büro einbestellt. Wir erfuhren, dass wir den Job hatten. Aber wir mussten offiziell eine Firma gründen: Otto B., Holzdecken. Alle Formalitäten dafür wurden uns abgenommen. Dann war ich Firmeninhaber und mein Kommilitone mein Angestellter. Um es kurz zu machen: Wir erledigten den Job, ohne dass es eine Beanstandung gab. Und weil wir so gut und so preiswert waren, gab es noch mehrere Jobs dieser Art. Ein Jahr vor dem Examen meldeten wir die Firma ordnungsgemäß ab, denn da hatten wir keine Zeit mehr. Das Studium rief. Das Examen rief.

Während des gesamten Studiums arbeitete und studierte ich immer abwechselnd. Mal arbeitete ich mehr als ich studierte, mal studierte ich mehr als ich arbeitete. Aber auf keinen Fall vernachlässigte ich mein Studium Die ersten zwei Semester hatten mir gereicht. Diese Erfahrung hatte sich tief in mein Gedächtnis eingebrannt. Ich wusste, wie schnell man weg vom Fenster war. Das durfte mir auf keinen Fall noch einmal passieren. Ich war Familienvater. Manchmal stellte ich mir vor, mein Sohn käme in die Schule und würde gefragt: Was ist denn Dein Vati von Beruf? Und er würde sagen: Student. Das wollte ich ihm ersparen. Deshalb sagte ich mir immer wieder. Augen zu und durch! – Keine besonderen Mätzchen! – Augen zu und durch!

In meinem Mathematikstudium hatten sich allerdings im Laufe der Zeit zwei Hürden aufgetan. Eine schier unüberwindliche Hürde und eine, die sich zwar als überwindbar gestaltete, die mir aber lange Zeit psychisch schwer zu schaffen machte.

Zuerst die zweite Hürde! – Was war geschehen?

Ich belegte in meinem dritten Semester ein Proseminar in Mathematik. Eigentlich belegte man ein solches Seminar im ersten Semester, aber im ersten Semester hatte ich ja „Urlaub" gemacht. Um für ein

Proseminar einen Schein zu bekommen, musste man anhand einfacher Fachliteratur einen Vortrag über einen relativ einfachen mathematischen Sachverhalt halten. Das Publikum bestand aus einem Professor, in meinem Fall Professor Quade, einigen Assistenten des Professors und etwa 40 bis 50 Studenten.

Diesen Vortrag hatte ich nicht nur sorgfältig vorbereitet, sondern auch auswendig gelernt. Nach dem Schock des Durchfallens durch die Leistungsprüfung durfte mir so etwas auf keinen Fall wieder passieren! Es ging darum, drei einfache Sätze aus dem Gebiet der Doppelintegrale zu beweisen. Das war insofern überhaupt nicht schwierig, als die Beweise detailliert in der einschlägigen Literatur zu finden waren. Der Vortragende musste sie nur verstehen und eben an der Tafel vortragen. Für mich war es eine todsichere Sache, dass ich nach der Doppelstunde meinen Schein für das Proseminar hatte. Ich brauchte nur noch die restlichen Seminartermine anwesend zu sein. Das heißt: Die Anwartschaft für den Schein musste ich mit dem Vortrag erwerben, den eigentlichen Schein musste ich mir dann nur noch mit dem Hintern ersitzen.

Ich trat absolut sicher vor das Publikum und begann den Vortrag mit den einstudierten und auswendig gelernten Worten:

„Ich setze voraus, die Funktion f(x) sei stetig."

Und dann wollte ich den Beweis zelebrieren. So hatte ich es mir jedenfalls vorgestellt. Da wurde ich von Professor Quade unterbrochen, und es entwickelte sich der folgende Dialog:

Quade: „Bitte, bitte, einen Augenblick! – Wie ist Ihr Name, Herr Kommilitone?"

Ich: „Mein Name ist B., Herr Professor, Otto B.."

Quade: „Gut, Herr Kommilitone! Dann sagen Sie mir doch einmal, wo sind Sie denn zur Schule gegangen, Herr Kommilitone?

Ich: „Herr Professor, ich weiß nicht, was das jetzt ..."

Quade: „Bitte, das ist eine ganz einfache Frage! Wo sind Sie zur Schule gegangen? Und ich bitte um eine ebenso einfache Antwort."

Ich: „In Hannover."

Quade: „Hannover ist groß! – Sagen Sie uns doch, in *welche* Schule sie gegangen sind!"

Ich zögerte, weil ich keine Ahnung hatte, was das sollte. Außerdem begann in mir, eine Wut zu wachsen, die ich kaum mehr kontrollieren konnte. Doch ich hatte mir fest vorgenommen, mein Studium ohne Komplikationen durchzuziehen. Schließlich war ich Familienvater! Also nannte ich zähneknirschend den Namen der Schule. – Augen zu und durch!

Quade: „Das ist ja sehr interessant! – Haben Sie denn da auch Deutschunterricht gehabt?"

Ich: „Ja!"

Ich antwortete nur noch einsilbig, um wenigstens so meine Wut zu zeigen. Meine Faust ballte ich in der Hosentasche.

Quade: „Interessant! – Dann haben Sie sicher auch gelernt – oder etwa nicht? –, dass man einen Indikativ setzt, wenn man sagt ‘ich setze voraus‘. Die Einleitung ‘ich setze voraus‘ schließt den Konjunktiv aus, und es heißt dann: ‘f(x) *ist* stetig‘. – Fahren sie fort!"

Ich war wütend und sprachlos zugleich. Ich hätte in diesem Augenblick einen kaltblütigen Mord begehen können, glaube ich. Aber ich musste den Schein haben, schließlich wollte ich mein Studium nach dem langen „Urlaub" jetzt möglichst schnell durchziehen. Also: Die Wut beherrschen! Tief durchatmen! Nichts dazu sagen! Weitermachen! Augen zu und durch!

Ich atmete ein paar Mal tief durch und versuchte, mich zu fangen.

„Ja! Gut!" sagte ich und fuhr mit meinem Beweis fort.

Und dann kam der nächste zu beweisende Satz. Da ich reichlich gestresst war und den Vortrag in guter Absicht auswendig gelernt hatte, begann ich:

„Ich setze voraus, die Funktion f(x) sei differenzierbar."

„Bitte, Herr Kommilitone, wo sind Sie denn zur Schule gegangen?"

„Ach so, ich weiß schon: f(x) *ist* differenzierbar."

„Nein! So geht das nicht. Beantworten Sie doch bitte meine Fragen!"

Und dann stellte mir Herr Professor Quade dieselben Fragen, und ich musste diese beantworten. Professor Quade und auch einige seiner Assistenten saßen selbstgefällig dort und grinsten so, als seien sie im Begriff, der Kommission den Nobelpreis abzuschwatzen. Ich fühlte mich

erniedrigt und im höchsten Maße verletzt. Ich wollte im Boden versinken, mindestens aber hinausrennen. Es war völlig aberwitzig, aber mein Vorsatz, jetzt ordentlich zu studieren, und mein Verantwortungsgefühl zwangen mich, auch diesen Satz zu beweisen. Und der Beweis war richtig. Aber immerhin hatten diese beiden Unterbrechungen einige Minuten meiner Zeit in Anspruch genommen.

Natürlich benutzte ich auch in meiner absoluten Panik bei dem dritten zu beweisenden Satz zunächst den Konjunktiv. Es nutzte auch nichts, dass ich mich blitzschnell korrigierte. Wieder stellte dieser, ja in meinen Augen hatte er das Privileg, Mensch zu sein, verloren, dieser Typ dieselben Fragen. Und wieder zwang er mich, diese Fragen brav zu beantworten. Und wieder ließ ich mich zwingen! Augen zu und durch! Aus Zeitmangel konnte ich den dritten Beweis nicht mehr zu Ende führen. Professor Quade teilte mir dann mit geradezu sadistischem Lächeln meine Zensur mit: „Ungenügend". – Was sonst?

Diese Verletzung meines Selbstwertgefühls war so nachhaltig, dass ich über diese Episode erst Jahre später sprechen konnte. Ich habe die 68er Studentenrevolte zu Anfang (aber bitte nur zu Anfang!) sehr begrüßt. Selbstgefällige Gefühlskrüppel wie Professor Quade haben in einem Feld, wo mit jungen Menschen ernsthaft gearbeitet wird, absolut nichts zu suchen! Es ist einfach und deshalb ausgesprochen verwerflich, sich in einer von vornherein asymmetrisch angelegten Situation wie dieser, auf Kosten des Vortragenden lustig zu machen und bei den Zuhörern, wie sie dort im Saal saßen, Punkte zu sammeln.

Wie gesagt, diese Hürde war insofern relativ leicht zu überwinden, als ich die Existenz von Professor Quade für den Rest meines Studiums ignorieren und ein anderes Proseminar mit Erfolg absolvieren konnte. Nur um der Wahrheit die Ehre zu geben: In der einschlägigen Literatur gibt es beides, den Indikativ und den Konjunktiv. Die Verteilung ist ungefähr gleich. Und kein ernsthafter Mathematiker schert sich dabei um den Indikativ oder den Konjunktiv.

Es gab, wie ich oben bereits andeutete, noch eine andere Hürde, und diese war unüberwindbar. Zumindest schien es anfangs so.

Es gab das obligatorische zweisemestrige Fach `Darstellende Geometrie` bei Professor Rosemann. Eigentlich keine besonders schwierige

mathematische Angelegenheit: Es mussten allerdings exakte Zeichnungen angefertigt werden, beispielsweise von einem Zylinder, der einen Kegel in einem vorgegebenen Winkel durchdringt. Von derartigen Zeichnungen hatte jeder Student pro Semester sechs anzufertigen. Aber das exakte Zeichnen mit Ausziehtusche war für mich insofern nicht einfach, als es uns Mathematikern eigentlich nur auf die prinzipielle Richtigkeit ankam. Es war uns völlig egal, und das hatte man uns im Laufe des Mathematikstudiums gelehrt, ob man beispielsweise in einer Kurve einen Tuscheabsatz sehen konnte, der allzu leicht beim Umlegen des Kurvenlineals entstand, oder nicht. Schließlich hatten wir im Gegensatz zu den Ingenieur-Studenten überhaupt keine Erfahrung im Umgang mit dem Zeichengerät. Nach unserem Dafürhalten kam es darauf an, dass wir den mathematischen Hintergrund verstanden hatten und umsetzen konnten. Um was für Schnittflächen handelte es sich in Wirklichkeit, und wie stellten sich diese im Grund- beziehungsweise im Aufriss dar? Übertrieben formuliert: Wir Mathematiker wurden zu Eunuchen erzogen: Wir mussten haargenau wissen, wie es ging, und mussten es auch erklären können, brauchten aber nicht in der Lage zu sein, es zu tun.

Alle Studenten mussten sich die Testate bei Herrn Professor Rosemann selbst holen. Für jedes Testat wurden fünf Minuten angesetzt. Das machte bei etwa 250 Studenten pro Semester, also bei 1.500 Testaten pro Semester, einen Zeitaufwand von 125 Stunden. Diese Zeit wurde auf etwa 25 Nachmittage verteilt, an denen Herr Professor Rosemann jeweils fünf Stunden den Studenten ununterbrochen Fragen bezüglich ihrer Zeichnungen stellte. Zwei bis vier Fragen pro Testat etwa der folgenden Art: Er zeigte auf einen Punkt im Grundriss und wollte den analogen Punkt im Aufriss gezeigt bekommen oder umgekehrt. Und regelmäßig verfinsterte sich seine Laune innerhalb dieser Zeit zusehends. Gewöhnlich kamen die ersten Studenten nach leichten Fragen mit sehr guten oder guten Noten heraus, während die letzten fast nur Fünfen oder Sechsen bekamen.

Die meisten Studenten ließen sich ihre Zeichnungen von Ingenieur-Studenten gegen ein entsprechendes Honorar anfertigen. Wenn man nämlich zwei Tuscheansätze sehen konnte, dann hatte man von vornherein schon eine schlechte Zensur. Nun kam es vor, dass die Ingenieur-

Studenten die vielen Zeichnungen neben ihrer eigenen Arbeit nicht rechtzeitig fertig bekamen. Dann musste man sich ein ärztliches Attest besorgen, um den Testattermin zu verschieben. Ein solches Attest zu bekommen, bedeutete im Allgemeinen keine Schwierigkeit. Das führte aber dazu, dass die meisten Testattermine nicht eingehalten wurden und die Termine am Semesterende für die Nachholtestate kaum zu schaffen waren. Also gab es bei den Nachholterminen infolge der schlechten Laune des Professors kaum eine Note, die besser als ausreichend war.

Ich hatte das Pech, nachdem ich die erste Zeichnung selbst angefertigt hatte, dass ich mir beim praktischen Sportstudium einen Mittelhandknochenbruch an der rechten Hand zugezogen hatte. Also ging ich zu dem für die erste Zeichnung angesetzten Testattermin mit Zeichnung, Gipsarm und ärztlichem Attest. Ich bat darum, in den nächsten sechs Wochen keinen Testattermin angesetzt zu bekommen, da ich unmöglich mit links eine saubere Zeichnung hinbekommen könne. Herr Professor Rosemann war außerordentlich nett und sagte:

„Sie sind vermutlich der einzige Student, der einen Semesterschlusstermin bekommt, weil er *wirklich* krank ist. Ich schreibe mir das in die Karteikarte. Dann testieren wir die erste Zeichnung jetzt auch nicht. Sie kommen dann am Semesterende mit allen sechs Zeichnungen."

Ich bedankte mich und ging.

Am Semesterende bekam ich einen 15 Minuten langen Termin für sechs Testate zugeteilt. Schon als ich vor dem Zimmer wartete, erzählten die dort sitzenden Studenten, er habe eine tolle Laune. Die letzten sieben Studenten hätten ausnahmslos Fünfen und Sechsen bekommen. Na, ich hatte ja ein reines Gewissen, und gut vorbereitet war ich auch. Mir konnte ja nichts passieren.

Ich wurde herein gerufen. In dem Raum, den ich betrat, gab es vermutlich nur noch wenige Moleküle Sauerstoff, dafür aber einen griesgrämigen Professor, der meinen Gruß nicht einmal erwiderte. Sein Aussehen war so geartet, dass er wohl kaum eine Chance bei einem Schönheitswettbewerb in seiner Altersklasse gabt hätte: Etwa 1.95 groß und so mager, dass er vermutlich beim Duschen hätte von Strahl zu Strahl springen müssen. Seine Dürrheit wurde durch seine absolut schwarze

Kleidung noch unterstützt. Schwarz macht schlank! Seinem faltigen Gesicht nach zu urteilen, musste er knapp hundert Jahre alt sein. Allerdings hatte der Testatnachmittag seine Spuren insofern hinterlassen, als eine Altersschätzung auf knapp hundert außerordentlich geschmeichelt gewesen wäre. Keine gute Ausgangsposition für ein faires Testat!

Er nahm meinen Stoß von sechs aufeinanderliegenden Zeichnungen und stellte mir die erste Frage nach einem Punkt im Aufriss der ersten Zeichnung. Nach etwa fünf Sekunden Überlegen wusste ich die Antwort. Allerdings kam ich nicht dazu, sie zu geben, denn nach etwa vier Sekunden sagte der Professor laut und vernehmlich:

„Halt! – Die Zeit ist um!"

Ich protestierte in gemäßigtem Ton, ich hätte die wenigen Sekunden zum Überlegen gebraucht, und zeigte ihm den richtigen Punkt im Aufriss. Außerdem sei ich ja wirklich krank gewesen! Sein Kommentar:

„Ich sagte: Die Zeit ist um, und ich glaube, ich habe mich klar genug ausgedrückt."

Er schrieb, während er alles, was er schrieb, langsam mitsprach, auf die erste Zeichnung eine Sechs. Dann knickte er nur jeweils eine Ecke der folgenden fünf Zeichnungen hoch und schrieb und sagte:

„Sechs! – Sechs! – Sechs! – Sechs! – Sechs!" –

Wieder eine solche diskriminierende Situation! Was sollte ich machen? Hatte ich noch eine Chance? Hatte ich jemals eine Chance gehabt? – Dann nahm er umständlich meine Karteikarte heraus und erweckte dabei den Eindruck, als höbe er sich einen Leistenbruch. Er sagte und schrieb gleichzeitig:

„Muss – im – Winter – semester – 1961 – 1962 – alles – noch – einmal – wieder – holen."

Er sah mich mit leuchtenden Augen an, als sei ihm just in diesem Moment die rettende Eingebung gekommen, und sagte fast fröhlich:

„Sie sind vorerst entlassen, mein Herr!"

Als ich zögerte, vergaß er allerdings jählings seine Fröhlichkeit. Sein Gesicht verfinsterte sich in Sekundenbruchteilen wieder, und er schrie mich an:

„Raus! – In einem Jahr können Sie wiederkommen! – Raus – Raus!"

Ich blieb stehen, knüpfte an seine soeben noch zur Schau gestellte Fröhlichkeit an und sagte in meinem liebenswürdigsten Tonfall:

„Herr Professor, ich habe noch eine Bitte."

Er schaute verwundert drein, so als könne er sich überhaupt nicht erklären, dass jemand in einem scheinbar vernünftigen Ton zu ihm spräche, wo er sich doch die größte Mühe gab, den Leibhaftigen in Aussehen und Benehmen zum zweiten Sieger zu erklären:

„Ja?" –

„Wenn Sie freundlicherweise `Wintersemester 1961/62` streichen wollen. Ich komme dann wieder, wenn Sie gestorben oder emeritiert sind. Ich lasse mir eine solche unmenschliche Behandlung von Ihnen nämlich nicht gefallen. Im Übrigen: Ich betrachte die Darstellende Geometrie als unangenehmes Anhängsel an mein wahrhaft interessantes Studium der Mathematik. Auf nimmer Wiedersehen, Herr Professor!"

Während ich hinaus stolzierte, sah ich mit einem letzten Blick einen etwa 1,95 großen, ausgesprochen mageren Menschen, also ein Klappergestell, welches mit offenem Munde nach Luft rang und sich dorthin griff, wo bei anderen gemeinhin das Herz sitzt. Ich konnte mir nicht helfen: Er hatte eine erschreckende Ähnlichkeit mit dem von Picasso gemalten Don Quixote, und das nicht nur wegen seiner schwarzen Kleidung! Als ich längst draußen war, hörte ich ihn noch mit sich überschlagender Stimme mehrfach schreien:

„Hinaus! – Hinaus! – Hinaus!"

Wahrscheinlich machte sich die Sprache, die es ihm verschlagen hatte, im Nachhinein jetzt Luft!

Ich setzte mich zu den wartenden Kommilitonen und tröstete sie, denn sie hatten ja nun keine Chance mehr. Es dauerte etwa zehn Minuten, da kam er aus seinem Zimmer heraus. Als er mich sah, blieb er wie angewurzelt stehen und fasste sich wieder an die Brust, während sein Gesicht noch mehr verfiel. Offenbar entschloss er sich nach ein paar Sekunden aber doch, nicht zu sterben, sondern wortlos seinem ursprünglichen Vorhaben nachzugehen. Mit einem kleinen Zettel in der Hand ging er zu dem neben der Tür hängenden Bekanntmachungsbrett, an dem die Testattermine angeschlagen waren. Er heftete den Zettel quer über die Testattermine und ging wortlos wieder hinein, ohne uns

eines Blickes zu würdigen. An dem Brett war zu lesen: Alle für heute noch angesetzten Termine fallen aus. Datum, Uhrzeit, Unterschrift. Alle dort wartenden Studenten, es waren fünf oder sechs, klatschten laut Beifall, was ganz sicher nicht zur Verbesserung der Befindlichkeit von Herrn Professor Rosemann beitrug.

Zunächst einmal war ich stolz auf mich, dass ich mir diese Ungeheuerlichkeit nicht widerspruchslos hatte bieten lassen. Aber ich musste mir schon auch ein bisschen Mut machen. Denn schließlich war ich von meinem Grundsatz `Augen zu und durch` ja abgewichen. Aber noch so einen Dämpfer für mein Selbstbewusstsein hätte ich mir ohne Widerspruch nicht leisten können, ohne nachhaltig Schaden zu nehmen! Vordergründig betrachtet war ich hier als Sieger vom Platz gegangen. Aber mein Examenstermin rückte immer näher, und Professor Rosemann wollte weder sterben noch sich emeritieren lassen. Manchmal schoss es mir durch den Kopf, es sei nicht auszuschließen, dass er nur meinetwegen am Leben und im Amt blieb, denn nach seinem Aussehen ... Aber das hatte ich ja schon beschrieben.

Was sollte ich tun? Zwei Scheine in Darstellender Geometrie gehörten obligatorisch zu meinem Studiengang. Ich hatte keinen einzigen.

Etwa zwei Wochen vor dem Termin, bis zu dem ich mich spätestens zum Staatsexamen angemeldet haben musste, schnappte ich mir mein Studienbuch und ging in die Beratungsstunde des Professors, bei dem ich Examen machen wollte. Ich legte ihm mein Studienbuch auf den Tisch und erzählte ihm meine Geschichte mit Herrn Professor Rosemann, ohne etwas wegzulassen oder zu beschönigen. Ohne meinen Ärger zu verbergen, erzählte ich ihm, dass ich den Eindruck hätte, dass ich keine Chance besäße, bei Herrn Professor Rosemann je eine andere Zensur als Sechs zu bekommen, egal wie gut oder wie schlecht ich sei.

Er hörte mir geduldig zu. Dann sagte er, während er in meinem Studienbuch blätterte, sehr ernst:

1. „Die Darstellende Geometrie ist für Ihren Studiengang obligatorisch.

2. Wir hatten schon häufiger Studenten, die ein Problem mit dem Kollegen Rosemann hatten.

3. Denen haben wir geraten, zwei Mathematikvorlesungen zu besuchen, die nicht zu den Pflichtvorlesungen gehören.

4. Sie haben bereits von solchen Vorlesungen sogar drei besucht, und zwar mit Schein. Was schließen wir daraus?"

Ich lachte und sagte ehrlichen Herzens:

„Danke! – Vielen Dank, Herr Professor! Haben Sie das Geräusch gehört? – Das war der Stein, der mir vom Herzen gefallen ist."

Und so habe ich dann als einer der wenigen Studenten der Mathematik ohne einen Schein in Darstellender Geometrie Examen gemacht, und ich habe bis heute nicht den Eindruck, dass mir etwas gefehlt hätte.

Ach ja, eine kleine Episode muss ich noch erzählen, damit man meine Fächerkombination versteht. Ursprünglich hatte ich drei Fächer belegt: Mathematik, Geografie und Sport. In meinem vierten Semester lagen eine Geografievorlesung und eine Sportübung so unglücklich, dass die Zeit zwischen der Geografievorlesung und der Sportübung nur eine Viertelstunde betrug, um vom geografischen Institut zum Sportinstitut zu gelangen und sich umzuziehen. Das war in der Kürze der Zeit beim besten Willen nicht zu schaffen. Es gab eine ganze Reihe von Studenten, die das betraf.

Es war bekannt, dass der Umgang mit dem Geografie-Professor nicht ganz einfach war. Deshalb wählten wir eine Abordnung von drei Studenten, die ihn vor der Vorlesung abpassen sollten, um ihn zu bitten, statt um 10 Uhr c.t., also statt um 10,15 Uhr, um 10 Uhr s.t., also um 10 Uhr genau, mit seiner Vorlesung anzufangen.

Während die drei Studenten ihr Anliegen noch auf dem Gang vortrugen, tat er so, als nehme er sie überhaupt nicht wahr. Er ging einfach weiter und betrat den Hörsaal. Die drei Studenten blieben aber vorn stehen und deuteten so an, dass sie auf eine Antwort warteten.

Er baute sich auf, so als wolle er seine Körpergröße von etwa 1,60 auf gut 1,80 strecken. Dann sagte er in einer etwas gehobener Stimmlage:

„Meine Damen und Herren! Diese drei Herren besitzen die Unverfrorenheit, mich um eine Verlegung meiner Vorlesung um eine Viertelstunde anzugehen. Bitte hören Sie genau zu, was ich Ihnen zu sagen habe: Ich pflege im Allgemeinen um 8.30 Uhr aufzustehen. Und danach richte ich seit Jahren den Beginn meiner Vorlesungen ein. Wenn ich

Ihrem Ansinnen stattgäbe, müsste ich um 8.15 Uhr aufstehen. Und Sie werden verstehen, das ist unzumutbar für mich."

Ich konnte ihn beim besten Willen *nicht* verstehen. Und das sagte ich auch in den Raum hinein. Er hielt mich immerhin noch einer kurzen Antwort für würdig, bevor er zu seinem Thema überging:

„Dann tut es mir leid!"

„Mir nicht!" sagte ich und packte meine Sachen zusammen und ging.

Damit war mein Studium der Geografie zu Ende, bevor es richtig angefangen hatte. Schade! Vielleicht wäre ich ein guter Erdkundelehrer geworden!

Vielleicht sei es mir gestattet, hier einen Sprung von gut 35 Jahren nach vorn zu machen.

Es ergab sich, dass meine damalige Ehefrau für längere Zeit beruflich in der Stadt meiner früheren Studien zu tun hatte. Natürlich ging ich mit dorthin. Das konnte ich mir als Pensionär erlauben. Und was tat ich dort? Ich schrieb mich an der Technischen Universität ein für einen Magisterstudiengang in Sozialpsychologie und Pädagogik. Pädagogik deshalb, weil man für einen Magisterstudiengang zwei Fächer brauchte und ich glaubte, dass das für mich ein dünnes Brett zu bohren sei. Sozialpsychologie wollte ich aus Interesse studieren.

Ich war also ordnungsgemäß eingeschriebener Student im ersten Semester und besuchte alle Ausbildungsveranstaltungen, auch die Studienberatung, die durch einige Studenten höherer Semester durchgeführt wurde. Hier lernte ich,

- dass es vorwiegend Seminarveranstaltungen und ganz selten Vorlesungen gebe; – warum wohl?
- dass es in einem Seminar nur dann einen Schein gebe, wenn man einen Vortrag mit mindestens der Note ausreichend gehalten habe;
- dass es aber so wenige Vorträge und so viele Studenten gebe, dass immer mindestens zwei und höchstens vier Studenten zusammen einen Vortrag hielten;
- dass es für den Besuch einer Vorlesung nur dann einen Schein gebe, wenn man eine Klausur zu der Vorlesung erfolgreich geschrieben habe;

- dass viele Studenten sich gerade zu Anfang aus Unkenntnis viel zu viel vornähmen. Es gebe die Faustregel für das erste Semester: Maximal drei Scheine, besser nur zwei!

Ich war gut 35 Jahre älter als der durchschnittliche Student im ersten Semester. Deshalb wurde ich auch, wo immer ich auftauchte, ein wenig eigenartig von der Seite angesehen. Aber das machte mir nichts aus.

In den Seminaren machte ich die Erfahrung, dass die Aufgaben für die Vorträge kinderleicht waren: Der Inhalt eines Artikels, ganz selten auch der Inhalt zweier Artikel aus einer wissenschaftlichen Zeitschrift sollte wiedergegeben werden. Für ein solches Seminar war eine Doppelstunde angesetzt. Dreißig Minuten sollten für eine Diskussion freigehalten werden. Die Seminare wurden selten von dem zugehörigen Professor selbst geleitet, sondern meistens von einem seiner Assistenten oder Doktoranden.

Mein allererstes Referat fand gleich eine Woche nach Semesterbeginn statt, weil kein anderer diesen Termin haben wollte. Ich sollte über einen Artikel in einer wissenschaftlichen Zeitschrift referieren, der die neuesten Ergebnisse der Untersuchung der Gesundheit Jugendlicher in Deutschland den Forschungsergebnissen des Verfassers gegenüber stellte. Der Artikel war vier Seiten lang, wenn man von der vorausgestellten halbseitige Zusammenfassung absah. Eine Aufgabe, der ich keinen Respekt abgewinnen konnte!

Die erste Seminarstunde, in der ich zu diesem Vortrag wie die Jungfrau zum Kind kam, hatte einen merkwürdigen Verlauf. In dem Hörsaal saßen etwa dreißig bis fünfunddreißig Studierende, fast alles Frauen. Der Dozent stellte sich mit Namen vor, wies aber gleich darauf hin, dass er nicht der Professor sei, sondern ein Assistent am Institut, der selbst erst vor drei Semestern Examen gemacht habe. Deshalb schlug er vor, man solle sich duzen, wenn sich kein Widerspruch erhöbe. Es erhob sich kein Widerspruch, also duzten wir ihn und er uns. Untereinander duzten wir uns sowieso. Dann ging es an die Verteilung der Referate, die von ihm kaum ungeschickter hätte vorgenommen werden können. Fast kam es zu tumultartigen Szenen. Bis kurz vor Schluss der Veranstaltung war es keineswegs sicher, ob es gelingen würde, alle vorgesehenen Vorträge zu verteilen. In letzter Minute gelang es Gott sei Dank noch.

Bei der Vorbereitung meines Vortrags passierte etwas meines Erachtens Ungewöhnliches: Ich entdeckte beim ersten Lesen der vier Seiten Text einen logischen Fehler. Das konnte nicht sein! Schließlich handelte es sich um eine Veröffentlichung eines Professors und zweier Doktoren. Und was sie veröffentlichten, war das Ergebnis ihrer neueren empirischen Forschung. Also las ich den Text noch einmal, noch einmal und noch einmal. Ja, es stimmte! Je öfter ich den Text las, desto klarer wurde mir seine logische Struktur. Den Forschungsergebnissen lag ein logisch falscher Schluss zugrunde. Ich gebe zu, etwas versteckt, hatte sich bei einer wahren Wenn-dann-Beziehung ein Schluss in umgekehrter Richtung eingeschlichen, mit dem die Gültigkeit eines der Forschungsergebnisse bewiesen werden sollte. Ein logisches Unding, dessen Falschheit für einen Mathematiker natürlich einfach zu beweisen war. Die Schwierigkeit, wenn es denn eine gab, lag darin, den Schwall an Worten beinahe blumiger Beschreibungen auf seine logische Struktur zu reduzieren. Auch ich musste den Artikel aus genau diesem Grund mehrfach lesen, bis bei mir die Ahnung, es könne sich um einen logischen Fehler handeln, der sicheren Erkenntnis wich.

Mein Interesse an diesem Vortrag, welches sich anfangs in sehr engen Grenzen gehalten hatte, war geweckt. Ich stellte mir die Aufgabe, in meinem Vortrag sowohl den Inhalt zusammenzufassen, als auch den logischen Fehler allgemeinverständlich mithilfe von Beispielen, Analogien und sprachlichen Reduktionen ohne inhaltliche Verfälschungen zu erklären. Mir war klar, dass diese Aufgabe nicht leicht war. Ich musste erstens die Inhaltsangabe möglichst anschaulich darstellen, und dann musste ich mir für den zweiten Teil genug Zeit nehmen für die sprachliche Reduktion und für die Darstellung augenfälliger Beispiele und Analogien. Ich fühlte mich ganz in meinem Element: Schließlich hatte ich ja mal Logik studiert, und schließlich hatte ich mein ganzes dienstliches Leben lang als Lehrer genau das getan, einen schwierigen mathematischen Sachverhalt didaktisch zu reduzieren, ohne ihn zu verfälschen, und ihn dann methodisch anhand von Analogien und Beispielen so aufzubereiten, dass er für eine Gruppe von Schülern verständlich war. Warum sollte mir das nicht bei einer Gruppe von Studenten im ersten Semester gelingen?

Ursprünglich hatte ich gedacht, die Vorbereitung würde vielleicht eine Stunde dauern. Das wäre auch so gewesen. Jetzt allerdings unter meiner neuen Aufgabestellung dauerte sie zwei ganze Tage. Aber ich hatte ja Zeit, und es machte mir Spaß.

Dann kam die Stunde der Wahrheit.

Den ersten Teil hatte ich mit Folien, Graphiken und Statistiken so strukturiert, dass ich ihn frei vortragen konnte und dass er nicht länger als zwanzig Minuten dauerte. Der Dozent machte ein zufriedenes Gesicht.

Und dann kam der zweite Teil.

Schon bei der Ankündigung, es handele sich um einen logischen Fehler, den ich aufzudecken und in verständlicher Form darzustellen gedächte, unterbrach er mich, indem er mich ziemlich rüde darauf hinwies, es handele sich hier um einen wissenschaftlichen Artikel. Ein solcher beinhalte keine Fehler. Ich solle mich gefälligst auf die Darstellung des Inhalts beschränken, sonst könne er mir keinen Schein für dieses Semester geben. Ich hatte damit gerechnet, dass er den Fehler bei seiner Vorbereitung nicht bemerkt hatte, und ich hatte mir fest vorgenommen, erstens ganz ruhig zu bleiben und mich zweitens nicht von meinem Vorhaben abbringen zu lassen. Natürlich kamen mir bei meiner Vorbereitung meine Traumata aus meinem ersten Studium mit Quade und Rosemann in den Kopf. Ich war froh, dass ich jetzt nicht unter dem ungeheuren Druck von damals stand. Dieses Studium musste ich nicht auf Biegen und Brechen zu Ende bringen! Andererseits: Ich war 35 Jahre älter als damals. Wer oder was sollte mich daran hindern?

Nun, ich ließ den Dozenten ausreden. Dann sagte ich in aller Ruhe, ja fast väterlich freundlich:

„Zunächst einmal einen Satz zum Thema Schein: Ich brauche keinen Schein für dieses Seminar. – Nun zu diesem Artikel und meinem Vortrag: Ich habe die Aufgabe, über den Inhalt eines wissenschaftlichen Artikels zu referieren. Der Inhalt dieses Artikels weist einen Fehler auf. Dann halte ich es für meine Pflicht, auch den Fehler als solchen zu bezeichnen und darzustellen. Und damit wir uns nicht missverstehen: Es handelt sich hier nicht um eine Ungenauigkeit, sondern um einen Fehler! Es handelt sich hier nicht um einen Rechtschreibfehler oder etwas Ähnliches,

sondern um einen logischen Fehler. Und ein logischer Fehler ist exakt beweisbar und ist nicht etwa durch eine Plausibilitätsuntersuchung oder durch Konsens oder Ähnliches zu eliminieren. Und um ihn zu erkennen und ihn dann als solchen zu beweisen, muss man etwas von Logik verstehen. Und da bin ich froh, dass *ich* diesen Vortrag halte, denn ich bin dafür genau der richtige Mann. Ich habe Logik studiert und ein Staatsexamen in Mathematik. Und ich werde mich nicht von meinem Vorhaben abbringen lassen. – Und zu dem Thema Schein fällt mir gerade in diesem Moment folgendes ein: Richtig ist, ich brauche keinen Schein. Ich brauche nicht einmal ein Examen am Ende dieses Studiums. Aber richtig ist auch: Ich lasse mir nicht drohen und schon gar nicht mein Wohlverhalten durch Drohung erzwingen. Ich habe es mir gerade anders überlegt: Ich bestehe auf einem Schein für dieses Semester. Und ich bin gespannt, ob Du den Mut haben wirst, mir diesen zu verweigern. – So, nun weiter im Vortrag!"

Und dann hielt ich meinen Vortrag zu Ende. Als die Diskussionsphase schließlich anbrach, traute sich kein Student, sich zu Wort zu melden. Der Dozent aber ergriff das Wort:

„Und Sie glauben, Sie hätten damit den logischen Fehler bewiesen?"

Ich antwortete ihm folgendermaßen:

„Bitte, tu mir den Gefallen, und grenz mich nicht aus, indem Du mich als einzigen siezt! Behandele mich einfach als normalen Studenten des ersten Fachsemesters. – Nun zu Deiner Frage: Nein! Ich habe den exakten Beweis hier nicht geführt, sondern lediglich mit Beispielen und Analogien gearbeitet, weil ich davon ausging, dass keiner von Euch Mathematik studiert hat und dass man im ersten Semester erst exakte Wissenschaft lernen will und noch nicht kann. Das nennt man gemeinhin didaktische Reduktion. Aber ich will den Beweis nicht schuldig bleiben. Insofern bin ich Dir für Deinen Einwand dankbar. Ich habe den exakten Beweis auf Folie und könnte ihn auflegen. Aber ich habe ihn auch in Kopie mitgebracht, damit Du ihn genau prüfen kannst. Vielleicht gibst Du ihn besser einem Mathematiker. Davon gibt es ja hier in diesem Hause einige."

Und dann verteilte ich einige meiner Kopien.

Es meldete sich niemand mehr zu Wort. Das Seminar wurde fünfzehn Minuten früher beendet. Natürlich bekam ich am Semesterende meinen Schein. – Sollte es auch 35 Jahre später noch Strukturen an einer wissenschaftlichen Hochschule geben, die mit demokratischen Strukturen inkompatibel sind?

Da in jedem Seminar niemand den ersten und den zweiten Vortrag haben wollte, denn der musste ja schon nach einer beziehungsweise zwei Wochen gehalten werden, und da ich ja sonst nichts zu tun hatte, war ich nach spätestens drei Wochen im Besitz von acht Scheinen. Wie passte das mit der Studienberatung der Erstsemester zusammen?

In meinem zweiten Semester war das ähnlich: Nachdem drei Wochen des zweiten Semesters ins Land gegangen waren, hatte ich insgesamt sechzehn Scheine, vier Scheine weniger, als ich zum Magisterexamen brauchte, was aber erst nach dem achten Semester abgelegt werden sollte.

Ich meldete mich bei einem Professor zur Studienberatung an.

Als ich eintrat, begrüßte er mich sehr freundlich. Ich sei ihm schon aufgefallen. Wie es denn käme, dass ich in meinem Alter noch studierte? Ich solle doch einmal ein bisschen aus meiner Vita erzählen. Nun, den Gefallen tat ich ihm.

„Und was kann ich jetzt für Sie tun?" fragte er mich freundlich, nachdem ich meine Vita hinlänglich ausgebreitet hatte.

Ich erzählte ihm die Geschichte mit der Studienberatung durch die Studenten und dass ich jetzt im zweiten Semester sechzehn Scheine hätte. Da könne doch etwas nicht stimmen.

Er lachte und sagte:

„Ich kann das gut verstehen. Sie müssen das so sehen: Die Kinder – wolln wir doch mal ehrlich sein, es sind doch noch Kinder! – kommen hier von der Schule oder von der Bundeswehr her und müssen zu allererst das Arbeiten und dann das wissenschaftliche Arbeiten lernen. Sie können das doch schon. Und wenn Sie bedenken, wie viel Zeit die allein schon brauchen, um hinter Ihrem Sexualleben herzurennen! Das brauchen Sie doch auch nicht! In der Zeit können Sie die sechzehn Scheine machen. –

Aber melden Sie sich bei mir zum Examen! Dann haben Sie spätestens im vierten Semester Ihren Magister. Das können wir durchziehen."

Ich blickte ein wenig nachdenklich drein. Dann sagte ich:

„Wozu brauche ich noch ein Examen. Ich habe doch schon eines. Bieten Sie mir eine Promotion an! Das wäre eine echte Herausforderung und wahrscheinlich eine interessante Altersbeschäftigung!"

„Gern!" sagte er. „Die können Sie sofort haben, und ich verspreche Ihnen, in eineinhalb Jahren haben Sie ihren Doktortitel. Aber – es gibt ein Aber – Sie können keinen Pfennig Forschungsgeld beanspruchen. Das bekomme ich für Sie nicht genehmigt. Das heißt, Sie müssen alles selbst bezahlen. Aber ich würde mich freuen, wenn Sie das täten. Meinetwegen könnten Sie dann auch auf das Magisterexamen verzichten. Andererseits könnten Sie es auch eben schnell machen. Das wäre doch kein Problem für Sie."

Ich dachte einen Augenblick nach. Dann fragte ich:

„Wie viel könnte eine Promotion denn für mich kosten?"

„Das kann man nur grob abschätzen. Sie brauchten sicher größere Befragungen: Druckkosten für die Fragebögen, Porto, Stundenlöhne für Studenten, die die Befragungen durchführen, um nur einiges zu nennen. Na, vierzig bis sechzigtausend Mark kommen da leicht zusammen."

Ich überlegte einen Augenblick, dann sagte ich lächelnd: „Das sind ja 1500 bis 2000 Flaschen Cognac! – Ich glaube, das ist mir die Sache nicht wert!"

„Schade! Überlegen Sie es sich noch einmal! Ich würde das gern mit Ihnen durchziehen."

Ich bedankte mich und verabschiedete mich.

Alles in allem habe ich vier Semester studiert. Mit diesen vier Semestern hatte ich das Soll, um Examen zu machen und ich denke auch zu bestehen, bei weitem erfüllt. Aber ich hatte nicht das Gefühl wie bei meinem ersten Studium, ein akademisches Studium absolviert zu haben. Diese mehr als zwanzig Vorträge, die ich in den Seminaren gehalten habe, hätte ich ohne Ausnahme auch ebenso gut ein paar Jahre früher in gleicher oder auch anderer Reihenfolge halten können, ohne dabei als Student der Sozialpsychologie und der Pädagogik eingeschrieben gewesen zu sein. Das wäre analog in meinem ersten Studium nicht

möglich gewesen. Ich hätte keine Chance gehabt, etwa einen Hauptseminarvortrag in einem der ersten vier Semester zu halten. Ich hätte den Inhalt unmöglich verstanden. In diesem Studium gab es das Problem des Nichtverstehens eines Textes überhaupt nicht. Ich hatte auch in keinem Fall den Eindruck, dass ich in einem Seminar oder in einer der seltenen Vorlesungen an die Grenzen meiner Verständniskapazität gestoßen wäre. Die beiden Studiengänge waren vom Schwierigkeitsgrad her überhaupt nicht zu vergleichen. Als ein Indikator für diese gewagte These mag folgendes gelten: Obligatorisch war eine Statistikvorlesung. Beiläufig sei erwähnt, dass diese nicht von einem Mathematiker, sondern von einem Diplom-Psychologen gehalten wurde. Das war eine Katastrophe. Ich hatte zuweilen den Eindruck, dass der Dozent selbst nicht alles verstanden hatte, was er dozierte. Zur Klausurvorbereitung hatte ich einige meiner Kommilitonen mehrere Nachmittage bei mir zu Hause sitzen. Und ich nahm die vielen „Ach-so" nicht als Lob für meine pädagogischen und mathematischen Künste, sondern als Tadel am Dozenten. Tatsache war, dass trotz meiner Nachhilfestunde etwa fünfzig Prozent der Studenten durchfielen, natürlich keiner von denen, die sich mit mir zusammen vorbereitet hatten. Sonst waren es nach Aussage des Dozenten mindestens zehn Prozent mehr gewesen.

Vielleicht formuliere ich mein Fazit nur als Frage: Könnte es sein, dass die These erlaubt ist, dass ein Mathematikstudium erheblich schwieriger ist als ein Studium der Sozialpsychologie und der Pädagogik?

So gesehen wäre eine Promotion – abgesehen von den hohen Kosten – wahrscheinlich auch keine besondere intellektuelle Leistung gewesen, wohl eher eine Ausdauerleistung! Für eine Promotion in Mathematik hätten meine mathematischen Fähigkeiten sicher nicht ausgereicht! Ich hatte später einmal das Glück, eine Doktorarbeit in Mathematik, die einer meiner Referendare geschrieben hatte, in den Händen zu halten. Es handelte sich dabei um eine kleine Broschüre von etwa zwanzig Seiten, keine Fragebögen, keine Studenten, die bezahlt werden mussten, nur reine Denkarbeit! Ich muss gestehen: Ich habe sie nicht vollends verstanden. Dagegen war es mir im zehnten Semester vergönnt, einmal eine Doktorarbeit in Medizin zu lesen. Diese veranlasste mich damals dazu, dem Verfasser zu sagen: „Wenn Sie mir einen Doktorvater in

Medizin besorgen, dann wäre ich in spätestens einem Jahr Doktor der Medizin. In Mathematik hingegen hängt für mich die Latte zu hoch."

***

Ein kurzes Resümee

Was ist aus dem Jungen von nebenan geworden?

26 Jahre waren nach seiner Geburt ins Land gegangen. Er hatte den zweiten Weltkrieg überstanden, er hatte sein Elternhaus, welches kaum als solches zu bezeichnen war, überstanden, er hatte die Schule überstanden, und er hatte Ende Juli 1965 sogar sein akademisches Studium überstanden.

Ja, er hatte das alles überstanden, nicht absolviert. Sein Lebensweg war bisher beileibe nicht geradlinig gewesen. Die eine oder andere Kurve hatte er sich gegönnt. Oder waren ihm diese Kurven vom Schicksal zugedacht gewesen? – Wie dem auch sei! Sicher ist: Jede dieser Kurven war für ihn für den Augenblick sehr schmerzlich. Aber: Jede dieser Kurven hat ihn reifer werden lassen, hat sein Selbstvertrauen und sein Selbstwertgefühl wachsen lassen, hat dazu beigetragen, dass er zu dem wurde, was er ist.

Zeitfracht Medien GmbH
Ferdinand-Jühlke-Straße 7
99095 Erfurt, Deutschland
produktsicherheit@kolibri360.de